無職轉生
到了異世界
就拿出真本事
12
理不尽な孫の手
Rifujin na Magonote
Kadokawa Fantastic Novels

艾莉娜麗潔
莉莉雅
保羅
魯迪烏斯
人物介紹

基斯
塔爾韓德
洛琪希

「啊……太好了……」

# 無職轉生 ⑫

## 到了異世界就拿出真本事

理不尽な孫の手
Rifujin na Magonote
插畫：シロタカ

Kadokawa Fantastic Novels

無職轉生～到了異世界就拿出真本事～⑫

# CONTENTS

## 第十二章 青少年期 迷宮篇

「殘酷到讓人無法正視的現實想必會到來。」

—— When my father dies and my motner has got ill, what should be made neatness?

著：魯迪烏斯・格雷拉特

譯：金恩・RF・馬格特

# 第十二章 青少年期 迷宮篇

# 第一話「到達」

迷宮都市拉龐。

這個城鎮被獨一無二又不可思議的柵欄圍住。在廣闊的沙漠中，有一座巨大的白色柵欄。帶著好奇接近柵欄後，會發現那居然是骨頭，巨大的貝西摩斯骨骸。而拉龐這個地方，就是蓋在巨大到可以覆蓋住一個城鎮的肋骨底下。

這裡過去只不過是一片小小的綠洲，卻因為貝西摩斯的屍骸而改頭換面。數量驚人的迷宮在此出現，成為吸引無數冒險者的土地。在拉龐，為了一夕致富而從世界各地前來的冒險者共同演出了一齣齣的悲劇與動人戲碼。

這個混亂擾攘的城鎮，現在已經是貝卡利特大陸數一數二的大都市。

──引用自冒險家布萊迪康德的著作《行遍世界》。

★ ★ ★

對《行遍世界》裡的知識已經只剩下模糊印象了。

拉龐是一個大城市。土黃色的街景以充滿特色的十二根白色柱子為中心往外擴散，建築物則是使用泥土和取自魔物的素材來建造，這種風貌的城鎮在魔大陸上相當常見。

不過話說回來，這裡的綠色倒是多得讓人意外。大概是因為骨頭柱子旁邊就是綠洲吧，即使身在遠處，也可以看到類似椰子的樹木。

城鎮的氣氛也很獨特，還散發出一種或許該用粗俗來形容的氣味，很像是奴隸市場那樣的人類氣味。

「感到驚奇嗎？那些柱子可是貝西摩斯的肋骨喔。」

我正在邊走邊觀察，加爾邦一臉得意地朝著這邊搭話。由於隊形的關係，最近經常和加爾邦交談。他非常喜歡自吹自擂，雖然都是些吹噓他自己很厲害又難以分辨出真偽的內容，當成故事來聽倒是還算有趣。

「那位大英雄北神卡爾曼二世以前造訪此地時，和同伴一起打倒了在這片沙漠作亂的巨大貝西摩斯。後來貝西摩斯的肉被吃掉或是逐漸腐爛，如今已經不見蹤影，只剩下骨頭到現在還是像那樣殘存下來沒有朽敗。」

「哦……」

原來此地和北神卡爾曼有關聯啊。

我也知道幾個北神的逸聞，不過倒是第一次聽說他曾經打倒貝西摩斯。

這次在旅程途中也目睹過貝西摩斯一次，因為過於龐大，根本不會產生想打倒牠的念頭。

那種行為簡直跟瘋了沒兩樣。

不知道是用了什麼方法。算了，聽說北神還擺平過不死身魔王和巨龍，說不定收拾那種高ＨＰ怪物正是他的個人嗜好。

「這裡之所以會出現這麼多迷宮，是因為北神打倒貝西摩斯後，吃掉屍體的魔物中也包括了螞蟻類的魔物。只要吃下強大魔物的肉，就會產生出強大的魔物。所以變異的螞蟻挖出大量的巢穴，而那些巢穴全都變成了迷宮。」

「原來如此。」

貝西摩斯在此處死亡，於是蟲子聚集而來，繁殖後築起巢穴。之後歷經漫長年月，大量的蟲子都死光了，巢穴則發生異變……就是這麼一回事吧。

順便說明一下，所謂吃掉強大魔物的肉能產生出強大魔物的理論是民間謠傳。

跟吃了人魚肉就能成為不死身的說法一樣缺乏可信度。因為如果那樣做就可以產生出強大魔物，以魔物肉為日常食物的魔大陸居民照理說會變得更強才對。畢竟吃了魔物肉就會強化這種事應該不是魔物專有的特權。

不，等等。如果假設那樣會造成生出巴迪岡迪和奇希莉卡之類人物的機率變高，這種理論又如何呢？據說魔物原本也是從普通生物突變而來，那麼人類生出突變生物想來也是很正常的事情。

不妙，我吃了不少魔物的肉。怎麼辦，萬一我和希露菲的孩子剛出世那瞬間就突然大叫：

「本宮是魔・界・大・帝！」……

……說不定我會覺得自己很像是被布穀鳥巢寄生的紅頭伯勞鳥。

「這個地方聚集了來自世界各地的冒險者和商人。」

接二連三出土的魔力附加品，賣翻天的武器和魔道具，供不應求的魔石和魔力結晶。只要帶來一定水準以上的商品，必定能以高價全數賣出。

對商人來說，這裡似乎就是那種美夢會成真的土地。

不過呢，想要前來此地，必須具備在沙漠中旅行的知識和其他能力。所以據說這是只有被選中的商人才有資格經營的事業。

可是其實只要前往中央大陸，多的是更安全又能賺錢的買賣。

真是井底之蛙，以管窺天。

話雖如此，加爾邦顯然很自我陶醉，我也不打算潑他冷水。正因為有像他們這樣的商人，才能促進經濟流動。

到達拉龐後，我們和加爾邦一行人分道揚鑣，他們好像打算去城鎮角落搭帳篷。

雖然期間很短，不過我覺得自己從他們身上學到很多東西。

「非常感謝。」

「彼此彼此，有事情的話可以再來找我。」

這次的道別很乾脆。儘管時間不長，但也算是受了對方照顧。對巴里巴德姆和卡爾梅麗塔則是只有點個頭致意而已。彼此之間確實有點尷尬，但我相信沒有留下什麼疙瘩。

好啦，接下來必須找到基斯……或是保羅。

雖然我們風風火火地趕來，不過他們真的待在這裡沒錯吧？

到日落前還有點時間，平常我會把找定旅社作為優先事項，但這次是不是先找人比較好？

「該怎麼行動？」

「這個嘛……這種規模的城鎮想必有冒險者公會，我們過去看看吧。」

「知道了。」

我原本想先放下行李，不過也沒關係。

畢竟如果可以，我還是想和基斯或保羅住在同一家旅社。

找人詢問冒險者公會的位置後，聽說是在城鎮中心附近。公會這種機構通常都位在城鎮的中心。

走在路上的行人有很多是商人，而且基本上都打扮成和加爾邦差不多的模樣，也就是綁著頭巾，穿著能罩住整個身體的貫頭衣，還蓄著雜亂的鬍鬚。這種打扮的傢伙有些帶著駱駝走在路上，有些則是在路邊鋪上墊布做起生意。這種人大部分都會確實把皮膚蓋住，避免遭到陽光曝晒。

至於待在布製屋簷下的那些人當中，可以看到服裝很像阿拉丁的傢伙。有一間似乎是雜貨店，販賣著金屬提燈和花紋奇妙的罐子，一看就讓人覺得很有阿拉伯風情。

我想只要吹起笛子，就會有紅蛇(Red snake)從罐子裡 come on 吧。（註：日本諧星蕭邦猪狩的表演，他會打扮成阿拉伯弄蛇人，「Red snake come on」是著名台詞）

來到接近冒險者公會的地方後，打扮成熟悉模樣的冒險者開始變多。這一帶應該也有很多中央大陸出身的人。只是，每個人看起來都身經百戰。我想他們恐怕全都是專門探索迷宮的S級冒險者。

這些人基本上都穿得比較輕便。

聽說在陽光強烈的地方必須穿得厚重一點否則會有危險，不過或許他們不會長時間外出所以沒有問題。

冒險者公會是一棟鑿穿巨大岩石蓋成的建築物。

建造時應該是利用了魔術。我自己也可以做出類似的東西，所以能夠立刻看出。

不過呢，這裡的水準似乎比我的作品高明。入口有精巧的浮雕，進入內部後會發現通風良好，透著一股涼爽。

所謂的冒險者公會裡的氣氛，基本上不管去到哪裡都差不多。不過果然是因為場所問題吧，這裡完全沒有看到新人，每個人看起來都很強悍。

尤其是臉上或身上有疤的人物特別顯眼，我想一定也有很多是遭到啃咬的傷痕。

以前專門啃（啃老族）別人的想必只有我一個。

「那麼，總之先打聽一下關於保羅和基斯的消息吧。」

「是啊，不過真的能問到什麼事情嗎？」

「因為基斯會在這種地方展開情報網，只要提到他的名字，接下來對方就會……哎呀，看來沒有必要那樣做了。」

艾莉娜麗潔突然這樣說。我追著她的視線看去，結果在冒險者公會的角落發現長得很像猴子的那傢伙。

他正在和一名獸族劍士交談。

「喂，就說拜託啊！你應該也受過那傢伙不少照顧吧！」

「辦不到就是辦不到。」

「你能不能妥協一下，想辦法幫這個忙？現在可是分秒必爭啊！」

「一個月了吧？我看已經死了。」

「不，絕對還沒死！而且就算是要找到屍體，也還是需要人手。欸，幫忙一下啦，我是看中你的劍術實力才會千拜託萬拜託。不然這樣好了，我可以出雙倍的報酬。」

沒想到基斯這傢伙可以露出如此拚命的表情。

「抱歉，你找別人吧，我還不想死。」

雖然基斯懇求了好一陣子，獸族戰士最後還是搖頭拒絕。基斯發出連這邊都能聽到的巨大咂嘴聲。

「嘖！沒膽的混帳！憑你這樣，居然還能幹冒險者這一行！」

「……哼，隨你怎麼說。」

聽到基斯的痛罵，獸族劍士連頭也不回，丟下這句話後就走出公會。

難得看到基斯那樣口出惡言。不，其實我對基斯也沒有那麼了解。只是我認識的他總是會表現出更灑脫的態度。

「看起來基斯好像已經走投無路了。」

「哎呀，基斯基本上都是那副德行啊。」

「是嗎？可是根據我的印象，他應該更……」

「我想他在你面前一定裝成很成熟老道的樣子吧……基斯！」

基斯東張西望地看著周圍，注意到我們之後，他瞪大眼睛，跌跌撞撞地走了過來。

「喔……喔喔！這不是艾莉娜麗潔嗎！」

「我們來遲了。」

聽到艾莉娜麗潔這麼說，基斯耍酷般地笑了。

「沒那回事，反而該說是早得誇張。」

臉上掛著笑容的基斯用力拍了拍艾莉娜麗潔的肩膀。

「是說，喂喂，妳動作也太快了吧？嗯？我半年前才寄出信耶？啊，妳該不會沒收到信？難道是錯過了嗎？」

「這件事我之後再跟你解釋，塞妮絲那邊怎麼樣了？」

艾莉娜麗潔提問後，基斯皺起眉頭。

「不太妙。我認為會演變成長期戰所以才寄信給你們……但老實說……算了，這件事的詳情也晚點再說吧。」

聽起來狀況很糟，然而這是意料中事。

希望我們到達時事情已經解決的樂觀可能性在此消失。

「總之，請帶我們去見我父親吧。」

看到我之後，基斯睜大雙眼，然後伸手搔了搔鼻子下面。

「喔……喔喔……什麼啊，你是前輩吧？真是長大了不少。」

「基斯先生似乎別來無恙呢。」

「嘿，別那樣說啊，聽著都難為情。還是叫我新人就可以了。」

嗯，這種對話真讓人懷念。

「哎呀，你們兩個感情很好嘛。」

艾莉娜麗潔似乎覺得很有趣。聽到這句話，基斯咧嘴一笑。

「也是啦，畢竟我們是一起蹲過苦牢的伙伴。是吧，前輩？」

「是啊，真懷念。」

德路迪亞村裡的全裸牢房……真的讓人深感懷念。

從魔大陸渡海到達米里斯大陸後，我被誤認成綁架犯，還被帶往德路迪亞族的村子。德路迪亞族會把重犯扒光後塞進牢裡。我的罪狀是綁架聖獸並做出性犯罪行為，自然也被脫光衣服丟進牢房。不過這當然是冤獄，誰會性騷擾一隻狗啊？

後來在牢裡遇見的人就是基斯。他是個大度的盜賊，卻因為犯下一點小氣的輕罪而被抓。

「哎呀，待在這裡可不行，我帶你們去保羅那裡吧。」

基斯這樣說完，露出耍酷笑容，離開冒險者公會。

聽說保羅他們住在位於城鎮角落的旅社。

旅社本身是一棟用泥土和石頭蓋成的建築物。按照魔大陸的標準大約是服務B級冒險者的水準，算是不好也不壞。

我們到達門口時，基斯開口說道：

「你們聽我說，保羅受到相當大的打擊。艾莉娜麗潔，我知道妳一定有話想說，可是這次就稍微忍耐一下吧。」

「……我無法保證。」

艾莉娜麗潔搖了搖頭這麼說道。基斯雖然帶著苦笑聳肩，但也沒有再多說什麼。算了，根據艾莉娜麗潔的行事風格，她應該不會立刻跟保羅槓上。

「前輩也是，可別像上次那樣打起來喔。我知道實際見面後會冒出更多想說的話，不過還是要請你別太責備他。」

保羅的狀況似乎糟糕到必須像這樣事先提醒。我以前也見過崩潰到自暴自棄的保羅，這次要先做好心理準備才行。

雖然保羅的外表看起來是那副樣子，其實精神方面算是相當軟弱，只要一碰上打擊就會洩氣沮喪。儘管還不到精神障礙的地步，但也是過去很少受到重大挫折的類型。不過我想只要找到塞妮絲，他應該會恢復成布耶納村那個自信滿滿的保羅……

算了，意思是這次是關鍵。我還是寬容一點吧，要寬容到會被當成佛祖般的程度。

「那麼我們進去吧。」

基斯說完，走進旅社內部。這間旅社沒有大門，而是要撥開類似門簾的布製品。

不管是在哪裡，像這種服務冒險者的旅社，基本上一樓都是類似的構造。

也就是用來吃飯的地方。只是桌椅的材質和擺設會有所不同，但是沒有太大的差別。

我一眼就認出保羅，是那個趴在桌子上的傢伙。

「……啊。」

有個人低聲驚呼。

那個人就站在保羅身邊，是莉莉雅。即使待在這種地方，她依然穿著女僕服。總是散發出聰慧氣質的莉莉雅現在頭髮略顯凌亂，臉上掛著疲倦表情。然而和我四目相對後，她的表情稍微明朗了一些。莉莉雅對我行了一禮，接著立刻動手推了推保羅的後背。

坐在保羅正對面的人也站了起來，那是個身穿長袍的女性。她看清我的臉孔後，先是倒退了幾步，才猛然回神般地低頭致意。

這個人是叫維拉還是叫雪拉？

應該是雪拉吧。在米里希昂見過一面，是管理財務的人員。她也是一臉疲憊。

每個人看起來都委靡不振。

我來到她剛才的位置，也就是保羅的正對面坐下。

「老爺，魯迪烏斯少爺來了。」

「嗯……？」

被莉莉雅推了幾下後，保羅緩緩抬起頭。

除了明顯的黑眼圈，整張臉也很憔悴消瘦。不過臉色難看歸難看，至少這次沒有丟著鬍鬚不刮，頭髮也還算有整理，更沒有像上次那樣滿身酒臭。

話雖如此，還是跟之前一樣，讓人看得出來他已經走投無路。

幸好我有過來。

光因為保羅是這種狀態，我跑這一趟就有意義。

「魯迪……？」

「父親，好久不見了。」

保羅愣愣地望著我，就像是才剛睡醒。

不，他的確是才剛睡醒吧。趴在桌子上時應該有昏昏沉沉地睡著。

這是彼此久違的再會。

上一次，我遭到保羅怒吼和痛斥。雖說他當時已經內外交迫，但我也卯起來反駁，最後爆發衝突。

今天不會那樣，因為我是佛系魯迪烏斯。

「嗯……？好奇怪啊，我居然看到魯迪……哈哈，嗨，魯迪，好久不見啊。你看起來不錯嘛，諾倫和愛夏過得好嗎？」

保羅要死不活地對我搭話。

老實說，這反應出乎我的意料。我原本以為會跟上次一樣，看到一個爛醉頹廢的保羅。然後，他會抓著酒瓶對我怒吼。

「我……我已經安頓好諾倫和愛夏了，她們目前住在魔法都市夏利亞。基本上，我有把她們託付給能信賴的人照顧，所以不會有問題。」

「是嗎，是嗎，不愧是魯迪，真可靠啊。啊，那你自己怎麼樣？過得還好嗎？」

「這個……嗯，算是還可以啦。」

保羅以飄飄然的態度咧嘴一笑。那是一種全然放鬆，完全不適合目前這狀況的笑容。

甚至可以用詭異形容。
「是嗎，那真是太好了，畢竟過得好最重要嘛。」
保羅的雙眼毫無光彩。他該不會已經精神崩潰，成為廢人了吧？
我不安地看向基斯，他一臉認真地點了點頭。
真的假的？保羅居然落到這種地步……
「魯迪……」
保羅搖搖晃晃地站了起來，繞過桌子來到這邊。
接著，伸手抱住了我。
「爸爸我啊，實在太沒用了……」
我一言不發地也回抱住他。保羅可能已經不行了，說不定再也無法恢復。明明孫子即將出生，結果他卻變成這樣……
但是因為我來了，已經不要緊了。由我來想辦法吧，我正是為了解決問題而來。
「我沒能救出你媽媽，也沒能遵守自己決定的事情。身為父親，卻無法為你做任何事情，實在是太沒用了。」
「請您放心。因為我來了，所以已經沒問題了。」
「嗚嗚……魯迪，你真的長大了……」
保羅用力抓住我的肩膀。有點痛，但是我強忍著。

「我是長大了，小孩也快出生了。所以，請您把接下來的事情放心交給我，自己好好休息吧。」

「……………啥！小孩？」

這時，保羅突然發出怪聲。同時，他的雙眼也急速恢復光彩。

「哦？哦哦哦？」

保羅露出一臉完全搞不清楚狀況的表情，不斷地摸著我的臉。

「……你難道是本人嗎？」

「是本人。」

「不是我在作夢？」

「我就是個如夢境般美好的男人吧？」

「……啊，果然是本人。」

保羅一邊連連眨眼，一邊看向周遭。他和莉莉雅對上視線。

「早安，老爺。」

「嗯，莉莉雅，我睡了多久？」

「您在塔爾韓德大人外出購物後才睡著……所以只有一個小時左右。」

「是嗎，看來我睡迷糊了。」

保羅甩了甩腦袋，用力伸了個懶腰。嗯，果然只是睡迷糊了嗎？

看樣子他沒有成為廢人，真是太好了。我本來還以為自己年紀輕輕就得承擔起照顧老人家的重責。

保羅坐回椅子上，轉身面對我。然後，以一種從頭來過的態度向我提問：

「……魯迪，你為什麼在這裡？」

「剛剛已經說過，我是來幫忙的。」

「不，我不是那個意思……」

我搖了搖頭。這個問題在意料之中，以前就是因為彼此沒有順利聯絡上才會演變成衝突，但這次不一樣。我有看到保羅的信，也已經順利接到諾倫和愛夏。

「沒問題的，我已經安頓好諾倫和愛夏了。」

我重複先前說過的話。

「是……是嗎？」

保羅似乎陷入混亂，他輕拍著我的身體。

就像是想要確認我是否真的在這裡。

「不，可是……未免太快到達了吧？」

「我們利用了有點特殊的方法，會在回程時向大家解釋。」

「你說特殊……算了，如果是你，或許真有可能辦到那種事……」

保羅目瞪口呆地垂下肩膀，臉上還是難以置信的表情。

「要不要我說明一下寄出信之後發生了什麼事情？」
「不，先等一下，我現在很混亂。」
「也是呢，請喝口水冷靜一下吧。」
我用土魔術做出杯子，再用水魔術把杯子裝滿後遞給保羅。
保羅坦率地接過杯子，立刻一飲而盡，然後喘了一口大氣。
「抱歉，我有點嚇到。我是知道基斯擅自寄了信，不過一直認為你應該還要更晚一點才會到達。」
「因為我們急急忙忙趕來。」
聽到我這麼回答，保羅回以苦笑。
「就算是急忙趕來，也還是太快了吧。」
我們花了一個半月。對於保羅來說，大約是等了半年再多一點。這樣也還算是快嗎？算吧，畢竟正常來說動身後應該要花上一年才能到達。保羅想必也是認為要再多等上十個月左右。
這時，保羅把手搭在下巴上，露出在思考的表情。接著，他略帶緊張地對我發問。一字一句講得很慢，就像是想要確認什麼。
「對了……你剛剛是不是說過小孩快出生了？」
話說起來，我剛剛確實有提到那種事。雖然原本就沒打算隱瞞，不過果然會讓保羅不高興嗎？

會讓保羅覺得他這麼辛苦，我卻過得很爽嗎？

我斟酌用詞後才開口回答：

「那個……其實是我在就讀魔法大學的期間……結了婚。」

「……結婚？」

保羅皺起眉頭。

「和誰……啊，艾莉絲嗎？」

「不，是希露菲。我們在魔法大學裡重逢。」

「希露菲？布耶納村的那個希露菲嗎……她還活著啊。」

「嗯，不過她之前好像也過得很辛苦。」

保羅一臉驚訝地摸著下巴。我之前曾寄出好幾封信，看來果然都沒有送到。

「您有興趣知道後來的進展……到我結婚為止的事情嗎？」

「……噢，嗯……也好，說給我聽聽吧。」

我決定告訴保羅，自己寄信給他之後又發生了什麼事。也就是從我進入魔法大學就讀到結婚為止的這段過程。

我慎重地敘述內容。

老實說，學校生活全是些快樂回憶。雖然也有發生過一些討厭的事情，然而形容成玫瑰色人生也不算誇大。

自己交到朋友，也有了對象。甚至每次發生什麼事就會舉辦宴會。

我特別小心，盡可能用客觀說法來敘述。

不過沒有隱瞞。因為毫無疑問，自己確實樂在其中。

「是嗎……小孩……我的孫子嗎……」

我做好會被斥責的心理準備。既然有了小孩，就表示我做過會生出小孩的行為……但是同一時期，保羅正在拚命救助家人（塞妮絲）。

一般來說應該會生氣吧？因為那是伴隨著快樂的行為，而且保羅自己好像過著禁慾的生活。

我正在評估，保羅卻來到我面前低下頭。

「真是抱歉，都是因為我太不中用，才害得快要當父親的人必須來到這種地方。」

他道歉了……那個保羅居然道歉了。

「不……那個，我才覺得很過意不去。明明還沒找到母親，卻只有自己……」

「不，我沒資格責備那部分，因為我自己也碰了莉莉雅一次。」

保羅和莉莉雅是夫妻，我覺得這不是什麼大問題。然而……

「我原本決定在救出塞妮絲之前要自制，結果……真的很沒出息……」

保羅垂下腦袋，好像又要哭了。他怎麼這麼脆弱，簡直像是玻璃般的青少年。（註：原文是「ガラスの十代」，日本偶像團體光 GENJI 的代表歌曲之一）

這時莉莉雅開了口：

「那次是遭到女性夢魔襲擊，算是不可抗力。」

「就算是那樣，但是妳……啊啊，可惡……」

保羅似乎回想起什麼，抱住自己的腦袋。

是嗎，原來是遭到女性夢魔襲擊嗎？既然是那樣，自然無可厚非。我也曾經碰上女性夢魔，那根本無法抵抗，是一種藏在內心深處的東西會被強制暴露出來的感覺。

但是，女性夢魔的攻擊可以用解毒魔術治療。

而且保羅的隊伍裡也有治癒術師才對。

所以我看了雪拉一眼。她注意到我的視線後，表現出明顯的慌張反應。

「非……非常抱歉。那個……團長他……很可怕……所以我沒辦法……」

「魯迪，你別怪她，都是是我不好。」

發情的保羅恐怕襲擊了周圍的女性。一旦這個傢伙真的發情起來，想也知道肯定很可怕。更何況在這支隊伍裡，保羅應該是中心戰力。解毒魔術必須以手接觸對方才能發動，他們想必是沒辦法壓制住保羅後再使用解毒魔術。所以最後大概是靠莉莉雅挺身而出才總算解決。

「我在路上也曾經遭到女性夢魔襲擊，很能理解這種敵人的恐怖。那是不可抗力的情況。」

「可是啊，塔爾韓德完全不受影響，就只有我……」

話說起來，保羅的隊伍裡還有個叫塔爾韓德的男性成員。

他沒受到影響嗎？這是怎麼一回事？有男人可以抵抗那種誘惑嗎？該不會是女性夢魔的攻擊對礦坑族沒有效果吧？

我正在進行推論，卻注意到保羅看著這邊。

「有什麼事嗎？」

聽到我的提問，保羅用手指在鼻子下方來回蹭了幾下。

「沒什麼，我只是發現你現在開始用『我』了。」

「咦？」

聽到保羅這樣說，我才注意到自己使用的第一人稱變了。

話說起來，不知道從什麼時候開始，自己連講話時也變成使用「我」。原本有刻意區分，不過或許是因為常常跟札諾巴他們交流，慢慢就沒分得那麼清楚了。（註：魯迪平常和他人對話時會用「僕」，內心思考則是用「俺」，現在則是講話也用了「俺」）

「噢，不好意思。我居然沒注意到……」

「不，別在意。而且用我比較像個男子漢。」

保羅笑了。雖然笑著，眼角卻冒出一大顆淚珠。

這顆淚珠滴了下來。於是，後續的淚水也接二連三地滾落。

一顆接著一顆，不曾停止。

「……魯迪，你真的長大了呢……」

聽到這句話，我也有想哭的衝動。

彼此明明是一家人，卻連對方發生什麼變化都不清楚。

「對不起，爸爸我這麼沒用……」

「……」

我一言不發地摟住保羅的肩膀。

不需要踮起腳尖，雙手就能夠搆到他的背後。

不知不覺之間，自己已經長得和保羅差不多高了。

我們兩個就這樣哭成一團。

過了一陣子之後，我放開保羅。

再會的感慨到此為止，必須切換心情。目前還有一個問題尚未解決。

「……哼。」

艾莉娜麗潔坐在附近的椅子上，一臉無趣地看著這裡。

保羅緩緩轉過去看她，兩人視線相對。

艾莉娜麗潔皺起眉頭，保羅瞇起眼睛。

這下不妙。

「那個……父親，艾莉娜麗潔小姐是來幫忙的。得知我們家遇上危機後，她和我一起從魔法都市夏利亞趕來這裡。明明不想和父親見面，但她還是來了。」

「……」

保羅慢慢起身，一步步走向艾莉娜麗潔。

看到保羅的行動，艾莉娜麗潔也握起拳頭站了起來。

「她也很擔心我們。或許以前真的發生過很多事情，但是這次能不能看在我的面子上，對一切都既往不咎呢？」

保羅沒理會我的發言，站到艾莉娜麗潔面前。

艾莉娜麗潔則是瞪著比她高一個頭的那對眼睛。劍拔弩張的氣氛傳了過來。

我腦中浮現出「一觸即發」這個詞。

他們兩個難道會打起來嗎？不，說不定會開始廝殺。

慘了，沒想到兩人的關係竟然如此險惡。

「……基斯。」

我對基斯使了個眼色。結果那傢伙卻油腔滑調地聳了聳肩，還露出讓人不爽的笑容。

一點用處都沒有。

「艾莉娜麗潔。」

「怎麼樣？」

保羅先看了我一眼，然後又看了看莉莉雅和雪拉。這是什麼意思？他的視線似乎帶有什麼含意。

「……」

接著，保羅原地跪下，還把額頭抵在地上。

他在磕頭道歉！

「那時候真的非常抱歉！」

艾莉娜麗潔沒有看著保羅，她把臉轉開了。

然後維持這個姿勢，嘟起嘴巴似乎很無趣地說道：

「……關於那時的事情，我想我自己也有錯。」

這句話真是出乎我的意料。老實說，我原本以為艾莉娜麗潔會開口痛罵。

保羅繼續擺著跟青蛙沒兩樣的姿勢，再度開口：

「轉移事件後似乎有很多事情都勞妳費心，真的很過意不去。」

「沒關係。反正我自己也有要找的人，只是順便而已。」

「謝謝妳，艾莉娜麗潔。」

「不客氣，保羅。」

於是，這個問題解決了，非常爽快俐落。兩人的臉上都帶著淺淺的微笑。

保羅和艾莉娜麗潔之間曾經有過的某種疙瘩似乎消失了。

明明艾莉娜麗潔曾經三番兩次強調她絕對不會原諒保羅，結果卻如此乾脆。

「呼……」

保羅呼了一口長氣之後，抬起頭站了起來，伸手拍掉膝蓋上的灰塵。

然後，他把視線轉到艾莉娜麗潔身上。艾莉娜麗潔也用柔和的眼神回望保羅。

「保羅，你老了呢。」

「不過妳依然是個美女。」

「哎呀，我會跟塞妮絲打小報告喔。」

「那樣的話，我們就可以又看到塞妮絲吃醋。」

「真是讓人期待。」

兩人都笑了。

嗯，真不錯。長耳族的美女和筋疲力盡的中年劍士，看起來頗像一幅畫。

我不清楚他們失和的理由。或許並沒有什麼大不了，只是艾莉娜麗潔自己過於固執；也有可能這就是所謂的時間會解決問題……

不管怎麼樣，和睦相處真是一樁美事。

「啊……不過，還真虧妳可以忍這麼久。北方大陸到這裡的路程很遠吧？」

「嗯，相當遠。」

「詛咒方面妳是怎麼處理？該不會是跟魯迪烏斯做了吧？」

「怎麼可能。幸好有克里夫的魔道具，總算還能應付。」

聽到艾莉娜麗潔這句話，保羅歪了歪腦袋。

「克里夫是誰啊？」

「是我的夫君。」

「啥！」

保羅瞪大眼睛，很驚訝地大聲嚷嚷起來。

「妳居然能找到老公，世界上真的有興趣那麼奇特的傢伙嗎！這是在開哪門子的玩笑啊？該不會只是妳自認吧？喂！魯迪，你也認識對方嗎，那個叫克里夫的傢伙？」

保羅笑著看向我，我一臉嚴肅地點了點頭。

因為艾莉娜麗潔已經面目猙獰。

「父親，您說得太過分了。雖然我也覺得克里夫的興趣有點奇特，不過他是個值得尊敬的男人。」

克里夫那傢伙確實有點不懂得察言觀色的傾向，但是個性率直，也能夠毫不害臊地表達愛意，是個了不起的人物。

「真的假的？既然是你尊敬的對象，到底有多厲害啊……」

一時受到衝擊的保羅很快就換上尷尬表情，對著艾莉娜麗潔低下頭。

「原來是這樣……抱歉，下次介紹給我認識一下吧。」

「可以啊，他是個遠勝過你的好男人。」

保羅回以苦笑，再度低頭致意。

「總而言之……艾莉娜麗潔、魯迪烏斯，謝謝你們能趕來這裡。」

「今後再謝吧。」

「既然是一家人，這是當然的行動。」

好啦，也差不多該進入正題了。

「父親，請您說明一下狀況。」

保羅首先說明了他前來這裡的原委，基本上都是一些我已經知道的事情。

他在米里希昂見到洛琪希和塔爾韓德，獲得情報，動身前來貝卡利特大陸。靠著還算充實的隊伍編組，總算成功到達拉龐。然後在這裡和基斯再會，推測出塞妮絲的下落。

「根據基斯的情報，你母親……塞妮絲被留置在從這裡往北約需一天路程的迷宮裡。」

「……」

被留置住……意思是被哪個人抓起來了嗎？「被留在迷宮裡」這講法實在很含糊。

難道有會抓人的迷宮嗎？

「她六年來一直都在那裡嗎？」

「不知道。」

保羅搖了搖頭。

「有性命危險嗎？」

「不知道。我們只是聽說……有人曾經在幾年前進入那迷宮的隊伍裡，看到一個可能是塞妮絲的人物而已。而且，也聽說那支隊伍進入迷宮後就失去音訊……」

失去音訊……這不是很絕望嗎？

換句話說，所謂的被留置只是一種意圖自欺的講法而已吧？

然而根據洛琪希帶來的消息，據說至少在奇希莉卡提供情報的那瞬間，塞妮絲似乎還活著。然後根據基斯的調查，那支隊伍失去音訊的時間，據說是在洛琪希從奇希莉卡那裡得知情報之前。

洛琪希是在兩年前從奇希莉卡那裡得知情報，而基斯查到的失蹤時間是四年前。

換句話說，塞妮絲在失蹤後起碼又活了兩年。

這樣看來，會讓人覺得塞妮絲目前還活著的可能性不低。

所以他們似乎姑且還抱著一線希望，繼續搜尋塞妮絲。因為就算她已經死了，確認已經死亡的事實也很重要。當然，大家都希望她還活著……

可是，知道塞妮絲很可能已經死了之後，我總覺得內心深處有種終於接受的感覺。看來在自己心中，也有著認定恐怕一切為時已晚的念頭。畢竟轉移事件至今已經過了六年……

這時，基斯開口插嘴：

「因為是輾轉聽說，我們並不確定實際上到底是什麼狀況。或許塞妮絲已經死了，也有可能是被魔物之類的附身，在迷宮裡四處徘徊。只是，也有人說曾經在迷宮裡看到她。」

保羅跟著補充：

「那是個古老又棘手的迷宮。這一年以來，我們已經挑戰過很多次，但是實在不順利。明明有四個探索迷宮的專家，卻連一半都還沒破解。實在是很沒面子。」

四個人……保羅、基斯、塔爾韓德，還有洛琪希嗎？雖然另有三名成員，但她們不是探索迷宮的專家。話說起來，不在場的三人去哪裡了？

「唔？有客人嗎？」

我正在思考這件事，一道光線從入口處照進室內。有人掀開門簾進來。

「哎呀！看來我錯過了感動的重逢場面！」

那是一個矮個子男性。但是他只有身高很矮，身體的寬度卻和身高幾乎相同，讓人一眼就能看出是個礦坑族。臉上的長長鬍鬚隨著動作搖晃，手裡則拿著一個大型麻袋。

我想這個人就是塔爾韓德吧。

跟在他後面的人是一名打扮像個劍士的女性，同樣也拿著麻袋。

雖然今天沒穿比基尼鎧甲，不過我對這張臉還有印象，應該是叫作維拉沒錯。她對我行禮致意，然後小跑步到雪拉身邊。

男性晃著看似沉重的身體來到我面前，然後把我從頭到腳打量了一遍。

「你就是保羅的兒子嗎？」

「啊，是的。初次見面，我是魯迪烏斯。」

「我是塔爾韓德。看起來你正如傳聞，一副很聰明的樣子。嗯嗯嗯。」

塔爾韓德把麻袋放到桌上。

「魯迪烏斯，不可以接近那個男人。因為他會奪走對男人來說很重要的東西。」

說出這些話的人是艾莉娜麗潔。對男人很重要的東西是指什麼呢？

自尊心之類嗎？

「唔，我就在想怎麼有一股女人的氣味……」

塔爾韓德這時才看向艾莉娜麗潔，還擺出一臉彷彿現在才注意到她的表情。

「什麼啊，連妳也來了。」

「哎呀，我不能來嗎？」

「不行不行，因為妳光是在場就會引起麻煩事。」

塔爾韓德從麻袋裡拿出一個裝滿琥珀色液體的玻璃瓶，接著拔開瓶塞，直接拿起來咕嘟咕嘟灌進嘴裡。

「呼啊，這裡的酒真是暖胃啊！」

一股濃厚的酒味飄了過來，聞起來似乎很烈。畢竟礦坑族都很喜歡喝酒。

「拿去。」

塔爾韓德把酒瓶遞給艾莉娜麗潔。她一言不發地接了下來，同樣直接拿起酒瓶往嘴裡倒。

雖然不像塔爾韓德那樣大口猛灌，但雪白的喉嚨也動了兩次。
「呼……真是低俗的酒。」
「很適合低俗的妳吧？」
塔爾韓德重新蓋上瓶塞，把酒瓶放回麻袋。
剛剛那段算什麼啊？礦坑族文化裡的打招呼方式嗎？
對於他的行動，沒有任何人表示意見。這到底怎麼回事？
「既然所有人都到齊了，那我要繼續說了，可以吧？」
聽到保羅的發言，我猛然回神。塔爾韓德帶來了強大的衝擊，讓我忘了正事還沒講完。
嗯？所有人……？
「請等一下，洛琪希老師怎麼了？」
我開口發問後，保羅的臉蒙上一層陰影。不，不只保羅。除了艾莉娜麗潔，每個人都是同樣反應。長耳族美女也注意到這一點，不由得瞪大雙眼。
「咦？不會吧？」
聽到她這句話，我腦中浮現出一個詞語，一個最糟糕的詞語。
也就是「死亡」。
「洛琪希她……一個月前在迷宮裡中了陷阱……」
可以感覺到自己的心臟正在瘋狂跳動。

我不想聽。難道……那個藍髮少女……不，我不想聽。她的實力強大到可以隻身突破迷宮，雖說無法做到無詠唱，依舊成功縮短了咒語。而且還是水王級的魔術師，更是我的恩人。

我不想聽。

「她……她死了嗎？」

可是，我還是開口發問，戰戰兢兢地開口確認。艾莉娜麗潔不知何時已經起身，來到後方把手放到我的肩上。

「不，她只是踩到轉移魔法陣，所以目前下落不明，並沒有確定已經死亡。還活著的可能性應該很高。」

我才稍微鬆一口氣，隨即又因為基斯的發言而繃緊臉孔。

「喂，保羅，那不可能吧。就算是洛琪希，魔術師孤單一人哪有辦法支撐下去。還活著的可能性就算不是零，機率也……」

這時，塔爾韓德突然插嘴。

「不，洛琪希是超出一般規格的魔術師，確實有可能還活著。」

「話雖這麼說，但我們找了一個月都沒找到人耶！已經找過五次，卻還是沒有成果！」

「基斯，你打算吵這個話題吵幾次！」

保羅、基斯和塔爾韓德七嘴八舌地吵了起來。看到總是一副灑脫態度的基斯現在卻滿臉煩躁地和別人爭論，果然他們已經走投無路了嗎？

話說回來，原來洛琪希是踩到轉移魔法陣的陷阱啊……

洛琪希雖然厲害，其實也有少根筋的一面。說這樣很符合她的風格倒也沒錯。

總之，既然尚未確定，那就認定她還沒有死吧。我不認為那個洛琪希・米格路迪亞會隨隨便便就喪命。我希望是那樣，也就相信是那樣吧。

嗯，和得知塞妮絲可能已經死了的時候相比，總覺得這消息讓我受到了更大的打擊。

「不好意思，我把話題岔開了。那麼，那個迷宮到底是什麼樣的地方？」

聽到我的提問，他們三個人面面相覷，然後彼此使著眼色，決定由誰開口。

最後是保羅負責回答。

「難度S級，是這附近最危險的迷宮之一……」

他一個字一個字慢慢說著。

「轉移迷宮。」

聽到這句話的那瞬間，我覺得行李中的某本書似乎發出了聲音。

那本《轉移迷宮探索記》……

## 第二話「確認狀況」

洛琪希陷入危機。

得知此事後，我產生想立刻闖進迷宮的衝動。

目標地點是轉移迷宮。運氣很好，自己手邊帶著《轉移迷宮探索記》這本書，等於是有了攻略本。

而且我已經針對轉移魔法陣做過調查，只要有時間仔細觀察魔法陣，應該可以按照書上內容順利攻略迷宮。

但是，首先要整理狀況，這是很重要的步驟。

或許洛琪希和塞妮絲都面臨分秒必爭的危局。說不定只要晚到短短五分鐘，救援行動就會因此差了一點沒有趕上。

然而正因為如此，我現在不能著急。

必須整理好狀況，細心進行準備，然後確實救出她們才行。

如果處於動搖狀態，就會有所疏漏。發生疏漏，犯下失敗，最後白忙一場的機率也會變高。結果就是別說五分鐘，反而會浪費掉一天、兩天，甚至是三天的時間。

所以我們必須慎重行事，現在是不容許失敗的場面。萬一失敗，必定會造成後悔。不管是什麼形式，如果是因為自己失敗而沒能救出洛琪希和塞妮絲，我一定會深感懊悔。

「父親，我這裡有本筆記，是曾經進入轉移迷宮深處的冒險者寫的。」

首先，我說明自己手上有這本書。

《轉移迷宮探索記》。這是以前菲茲學長……也就是希露菲推薦給我的書籍。裡面詳細記載著被視為禁忌的轉移魔法陣的外觀，也就是在其他書籍中被塗掉的敘述。

這本書之所以能夠逃過魔法大學的審查，或許單純只是運氣好，也或許該歸功於這是一本冒險記錄。不過正因為如此，說不定這只是虛構創作。轉移迷宮是未曾有人破解過的迷宮，這本書有可能是以該迷宮為題材的架空冒險故事。

但是我認為那種可能性並不高，畢竟書中的轉移魔法陣外觀和實際的魔法陣極為酷似。另外我本身也親自調查過轉移魔法陣，結果發現這本書裡的記載最為正確，而且最為精細。這是我對照其他文獻後得出的結論，應該沒有錯。

然而，書中內容和此地有可能是不同的「轉移迷宮」。我無法斷言在這個世界上，是否只有一個滿地都是轉移陷阱的迷宮。

就算攻略本的書名也叫作轉移迷宮，內容不同就沒有任何意義。

「如果筆記的內容符合我們要前往的迷宮，那麼這本書對於探索行動肯定能提供很大的助益吧。」

聽到這句話，保羅一行人都瞪大雙眼。

「喂，魯迪……你為什麼會有那種東西？」

「因為我認為可能會派上什麼用場，所以從魔法大學的圖書館借了出來。」

「原來是這樣……」

關於轉移魔法陣的事情，我打算暫時瞞著其他人。

目前該確認的重點是這本書的內容，還有目標迷宮的內部詳情。

「麻煩檢查一下內容。如果能作為探索迷宮時的參考，我們就好好活用這本書吧。」

保羅接過書籍，仔細觀察了一下封面，隨即遞給旁邊的基斯。基斯接手之後，先向我尋求同意。

「那麼我要看嘍。」

「……麻煩了。」

我雖然不懂為什麼要交給基斯，不過看大家都是一副理所當然的表情，所以也沒有多問。大概在保羅他們的隊伍裡，基斯就是那樣的定位吧。記得以前聽說過基斯什麼都會，所以他什麼都做。我想在探索迷宮時，負責「地圖繪製」和「情報整理」的人一定也是他。

「父親，在基斯先生確認書本內容的期間，請您跟我說明一下迷宮裡的狀況。」

我決定向坐在正對面的保羅提出幾個問題。

全都是為了驗證書中的情報。

「嗯，可以啊。」

質問內容包括「魔物的種類．名稱」、「到最深處總共有多少層」、「迷宮內部的環境」和「魔法陣的顏色」等等。

保羅一一流利回答。

首先，魔物共有五種。不過保羅他們只前進到第三層，聽說也有未曾見過的魔物。

．朱凶蜘蛛（Tarantula Deathlord）

巨大的毒蜘蛛。明明是狼蛛卻會吐絲，毒素可以使用初級解毒治癒。Ｂ級。

．鋼鐵爬蟲（Iron Crawler）

看起來像是重型戰車的毛蟲，外殼堅硬，身軀沉重。Ｂ級。

．瘋狂髑髏（Mad Skull）

全身覆蓋著泥巴的人型魔物，身體中心埋著一顆人類的頭骨，也是這魔物的弱點。Ａ級。

外表看起來笨拙，實際上卻具備優秀智力，會使用能射出泥巴的魔術。

．裝甲戰士（Armored Warrior）

擁有四隻手臂的生銹鎧甲，每隻手上都拿著銳利的劍。Ａ級。

．暴食惡魔（Eat Devil）

手長腳長還具備尖牙利爪的魔物，會在牆壁和天花板上爬行移動。Ａ級。

・到最深處總共有多少層？

這點還不確定答案。

根據傳言，據說是六層或七層，但是從未有人到達最深處並見到守護者（Guardian）。

至於各階層是什麼狀況雖然難以判明，不過書上有以下敘述。

蜘蛛大量築巢的是第一層。

毛蟲和蜘蛛四處橫行的是第二層。

由瘋狂髑髏率領著這兩種魔物的是第三層。

第四層裡不會再看到毛蟲和蜘蛛，只剩下瘋狂髑髏和裝甲戰士。

然後瘋狂髑髏會在第五層消失，換成裝甲戰士和暴食惡魔這兩種魔物出沒。

第六層只剩下暴食惡魔，然而接下來的情報連書中也沒有記載。

・關於迷宮內部的環境

迷宮內從第一層到第三層都是「螞蟻巢」構造。彎彎曲曲的複雜通路走到盡頭之後會出現一個房間。然後，據說房間深處一定會有轉移魔法陣。

按照書上所寫，第四層開始會轉變成類似石造遺跡的構造，但是保羅他們尚未到達那裡。

只是靠著眾多冒險者的嘗試和失敗，魔物相關的資訊以及到第三層附近的內部環境等情報似乎已經流通到一定程度。

・關於轉移魔法陣的外觀

據說描繪著複雜奇怪的花紋，還會散發出藍白色光芒。進一步仔細詢問後，我想應該和自己看過數次的轉移魔法陣相同。

從保羅口中獲得的情報和我自己從書上讀到的內容大致相符。

「這真是驚人……哈哈！不愧是前輩，居然帶來這麼厲害的東西！」

說明差不多結束時，基斯闔上書本並發出有點興奮的喊聲。

他好像已經把整本書看過一遍，速讀能力相當好。還是說他只看了重點部分？

看到基斯的反應，保羅也驚訝地大聲回問：

「喂，基斯，真的有那麼誇張嗎？」

「沒錯，這玩意兒超厲害啊保羅。如果書上的情報不假，幾乎等於是已經成功突破到第六層！」

基斯興奮地把書遞給塔爾韓德，接著沒有理會動手閱讀的塔爾韓德，而是以難掩興奮的態度開始對保羅說明書裡的內容。

「這裡面連我們不知道的事情也全都有寫！例如哪個魔法陣可以踩，哪個魔法陣不能踩；

或是踩了哪個魔法陣以後會被傳送到什麼地方，或是遭遇到什麼下場也全都有提到！」

看來按照基斯的診斷，這本書似乎是「真貨」。

然而保羅卻一臉嚴肅地瞪著基斯。

「這樣啊。那麼，能靠這本書判斷出洛琪希和塞妮絲是什麼情況嗎？」

「那……是沒辦法啦。」

基斯露出像是被潑了一盆冷水的表情。

「基斯，你可不能被沖昏頭。我們下一次已經不能再失敗了。」

保羅用低沉的聲調這樣說道。

他很慎重，想必是不得不慎重吧。

要是盲目相信書中情報，結果導致隊伍全滅未免太慘。

「……我知道你想說什麼，保羅。可是啊，現在除了這本書，還多了可靠的前衛和後衛。

首先應該要感到高興啊，對吧？」

基斯說完後環視周遭的眾人。保羅也受到影響跟著環顧四周，最後把視線停在我身上。

「嗯……也對……抱歉，你說得沒錯。」

保羅臉上浮現出略帶從容的微笑。無論身處多麼窮途末路的狀況，還是必須保持某種程度的餘裕。這點小事他應該也明白吧。

「好，等所有人都看完書之後，就從隊形開始決定吧。」

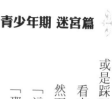

保羅以像是已經重新振作起精神的有力聲調如此宣布，讓現場的氣氛也稍微好轉。

負責潛入迷宮的成員共有五人。

我、保羅、艾莉娜麗潔、基斯和塔爾韓德。

我和艾莉娜麗潔加入後，維拉和雪拉退出隊伍。這是因為迷宮裡通道狹窄，就算組成多人隊伍也只會互相妨礙。而且艾莉娜麗潔和我在能力上分別是維拉和雪拉的進階版，一起行動只會把她們的工作全部搶走，所以進行成員替換。

艾莉娜麗潔的位置是坦，保羅是副攻擊手，我是主攻擊手兼補師，塔爾韓德則是可以當副坦也可以當副攻擊手，戰鬥方面由我們四人負責。

塔爾韓德的定位看似模糊，不過他一方面是土魔術水準達到中級的魔術師，另一方面也能作為戰士行動，算是萬能型的角色，因此被分派到在哪裡都可以戰鬥的位置。明明外表看起來笨拙，實際上卻很多才多藝。不，感覺每個礦坑族好像都這麼靈巧能幹。

「請多指教啊！」

組成隊形時，塔爾韓德似乎會站在我的正前方或正後方，他以平易近人的態度拍了拍我的肩膀。

不知為何，我感到背後竄過一陣寒意。

「魯迪你基本上要負責使用魔術，戰鬥結束後還會連治療都交給你，辦得到嗎？」

「沒有問題。」

攻擊兼治療。雖說這是我第一次挑戰迷宮，看樣子負責的工作還著實不少。

但是自己在冒險者時期的定位就差不多是這樣，想來不會辦不到吧。

除了我們四人，還要加上基斯。他在戰鬥時派不上用場，但是戰鬥以外的瑣碎事務都能以高水準辦妥。包括確認地圖、設定前進方向、管理食物、針對素材進行篩選與剝取，甚至連判斷何時從迷宮撤退都是由他負責。

可以說是司令塔兼雜務，大概是類似導演的立場吧？因為探索迷宮時要做的事不是只有戰鬥，當然也需要這種角色。

至於剩下的三人，維拉、雪拉和莉莉雅則是擔任在城鎮和入口待命的支援組。

儘管換句話說就是看家，不過這種工作似乎也有重要之處。

聽說大型集團(clan)在探索迷宮時，都會安排負責留守的人員。

這次的準備工作，大部分都交給艾莉娜麗潔和塔爾韓德這些專家。我在探索迷宮這方面是外行，雖然有活用生前知識想到了一些點子，目前還是暫時放到一邊去吧。

首先要遵守專家的做法。然後，如果在必要的部分有想到什麼，到時再提出建議就好了。

充其量只是建議。因為我也不確定自己生前的知識……在RPG遊戲中得到的那些知識到底能不能通用。

「那麼，這趟行動最初的目標是第三層。」

決定隊形後，保羅如此宣布。

「要在那裡徹底釐清洛琪希的行蹤。」

我們並不確定洛琪希的生死。如果洛琪希還活著，要救出她並且暫時撤出迷宮。然後等到洛琪希的身體恢復，再讓她加入隊伍，前往迷宮的深處。

也就是要組成六人隊伍，從未曾到達過的第四層開始繼續深入探索。進行地毯式搜索挺進最深處，尋找應該在迷宮內某處的塞妮絲。

不知道要花上多少日子，這會是一次必須集中全力的探索行動。

★★★

這天晚上，我和保羅、莉莉雅睡同一間房。

這是專家（基斯）的貼心安排，為我們營造出沒有外人的家族空間。

話雖如此，我和莉莉雅不是一家人的時間其實還比較長。畢竟在她生下愛夏之前都是女僕，因此我總是會把莉莉雅當成女僕看待。

保羅雖然把莉莉雅視為妻子，但充其量也只是第二夫人。我想在他心中，塞妮絲是第一，莉莉雅是第二，第三大概是諾倫，接下來愛夏是第四，我則是排在愛夏後面。

「這是我第一次和魯迪烏斯少爺同房呢。」

「是啊。」

至於莉莉雅本身表現出來的態度，則是畢恭畢敬到讓人覺得她是把我和保羅當成主人看待。受到這種態度影響，我也不由得恭敬起來。

「如果覺得老爺的打呼聲太吵，請儘管吩咐我。」

但是莉莉雅的發言內容卻很隨和，而且充滿幽默感。

「啊，好……」

我沒辦法講出同樣充滿幽默感的回應，因為自己實在不知道該說什麼才好。

以前和莉莉雅對話時是什麼感覺呢？我記得在布耶納村的時候，應該是相當公事公辦的感覺。

「……」

從先前開始，保羅就只是望著我，一句話也沒說。他這是怎麼了，一臉奇妙的表情。雖說還不到嘻皮笑臉的地步，不過確實是滿臉難忍笑意的樣子。

「那個……魯迪烏斯少爺。」

「是，有什麼事嗎？」

「愛夏她……有確實克盡本分嗎？」

聽到莉莉雅的提問，我找到了答案。這是關於家人的話題。沒錯，我們是一家人。既然如此，只要談論家人的事情就行了。

「嗯，愛夏她很努力。」
「沒有做出任何必須麻煩魯迪烏斯少爺的行為嗎？」
「嗯，完全沒有。她還負責處理所有家事，真的幫了我很多忙。」
「是這樣嗎？只要她沒有耍任性就好。」
「或許她再任性一點反而會讓我比較輕鬆呢。」
聽到我這樣說，莉莉雅靜靜地笑了，像是總算鬆了一口氣。
「諾倫大小姐和愛夏處得如何呢？她們有沒有吵架？」
「這個嘛……看起來兩人之間是有點不對頭，但是到目前為止，並沒有出現過明顯對立的情況。就算吵架，頂多也只會讓人覺得莞爾。」
「我明明吩咐過她必須事事尊重諾倫大小姐，為什麼會變成那樣呢……」
莉莉雅嘆了一口氣這麼說道。
「沒辦法啊，愛夏也還只是個孩子。身為父母，平等給予愛情應該比較重要吧？」
「或許……真的是那樣呢。畢竟愛夏除了是我的孩子，身上也流著老爺的血統。」
「血統什麼的根本不是重點啊，因為我們是一家人。」
「……謝謝您。」
保羅並沒有加入對話。他只是帶著和先前一樣的表情，似乎很感慨地旁觀我和莉莉雅的交流。

「父親，您是怎麼了？從剛才開始就那樣滿臉堆笑。」

「呃，也沒什麼……我只是覺得很好。」

保羅搔著後腦，似乎很不好意思地紅著臉回答。

「覺得什麼很好呢？」

「就是自家的那個魯迪已經長大，正在和莉莉雅對話的這種光景。」

成人的兒子和自己的妻子在交流。莉莉雅並不是我的母親，不過對保羅來說，我們雙方都是他的家人，所以或許會有什麼讓他覺得很感慨吧。等到孩子長大後，我是不是也能體會這種感慨呢？

「對了，魯迪。你說你之前結婚了？」

「嗯，差不多剛好是在半年前。」

「是嗎，那個魯迪結婚了啊……明明上次見面時，你還只有這麼丁點大呢。」

「身高方面在這幾年也成長了不少。」

我的身高不知不覺已經和保羅差不多了。目前還是他比較高一點，但自己會繼續成長，我想不久之後就會追上。

「等回去以後，必須大家一起盛大慶祝一下才行呢。」

「是啊。畢竟這可是您的第一個孫子呢，您要當爺爺了。」

「別那樣，我還不到那種年紀。」

保羅嘴上反駁，臉上卻是相反的開心表情。接著，他突然咧嘴一笑。

「既然有了孩子，那麼魯迪，這代表你已經成為『男人』了吧？」

「老爺，那種過於粗俗的問題恐怕不太妥當……」

莉莉雅開口規勸滿臉大叔賊笑的保羅。

「有什麼關係。我啊，一直覺得起碼要和魯迪聊一次這種話題。」

「可是……」

「妳對魯迪的情況也有興趣吧。」

「我覺得這種講法很卑鄙。」

「好啦好啦，那麼你第一次的對象是誰？果然是希露菲嗎？還是艾莉絲？我記得你說過和她分手了，但是分手時沒有來個分手紀念嗎？」

保羅似乎想聊些低俗的男人話題。

雖說我有點懷疑這種時候聊這些是否恰當……不過算了，也不是不能理解。

因為和我久別重逢，保羅大概有點樂昏頭吧，只是在眾人面前沒有表現出那種態度。而我隔這麼久才又見到保羅，多少也有點喜不自勝。

我們預定後天要進入迷宮，到時就沒有多餘的心思去想這些。只有今天盡興聊一下這種話題想來也沒什麼關係。

「爸爸我啊，在那方面算是有點自信，你什麼都可以問我。別看我現在這樣，年輕時可是個玩咖。」

不得已，我就奉陪一下吧。要說我自己，其實心裡也總覺得想要有個人可以跟自己正大光明地閒聊這種赤裸裸的話題。

「那麼，我有幾件事情想請教——」

「真是的，居然連魯迪烏斯少爺也跟著起鬨……」

「莉莉雅嘴上雖然這麼說，做那種行為的時候卻很激烈。」

「老爺！」

「話說起來，聽說那次也是莉莉雅小姐主動吧？請詳細告訴我當時的情形。」

「怎麼連魯迪烏斯少爺也……請兩位不要這樣！……真是。」

莉莉雅看到我們兩個的反應，忍不住嘆了口氣。但是，她的臉上依然帶著笑容。

後來，我們聊著這些話題直到深夜。

夜半三更，我熄掉燈火，躺到床上。保羅和莉莉雅已經睡著了嗎？

旁邊的另一張床上傳來規律的呼吸聲，他們似乎不打算等我睡著以後再兩個人翻雲覆雨一番。保羅好像說過找到塞妮絲前都要禁慾，看樣子有確實遵守。

我大概是因為先前的對話而有點興奮，一直遲遲無法入睡。沒想到自己居然有一天能帶著自身實際體驗和別人討論成人話題，人生會發生什麼事還真是難以預測。

算了，這件事先放到一邊去，重點是這次的事情。

或許這次，自己果然還是被人神玩弄於手掌心之中。

我有這種感覺。

仔細想想，就是因為去了魔法大學，我才能得到那本書。如果人神沒有叫我前往魔法大學並調查轉移事件，自己就不會找到那本書，也會落入必須兩手空空挑戰轉移迷宮的窘境。

人神那些故弄玄虛的發言也是一樣。例如說什麼我會後悔，說什麼要我對莉妮亞與普露塞娜出手之類的言論，我總覺得他是故意用了激將法。

如果人神什麼都沒有說，或是叫我該來這裡，自己很有可能會選擇「留下」。畢竟我對人神心懷反抗，而且放在天秤上衡量時，希露菲的事情也被我視為同等重要。當然選擇留下時，我不會毫無責任心地丟著這邊不管。舉例來說，我很有可能會派出瑞傑路德、巴迪岡迪或是佐爾達特來幫忙。

人神是不是已經預先料想到這一切後才那樣行動呢？

為了讓我在學校裡取得救出塞妮絲的必要物品。

……人神究竟是何方神聖？他實際上到底想讓我去做什麼？該不會真的只是想觀察我為樂吧？對於這部分，我依舊無法明白。只是，他肯定是站在我這邊的沒錯。

他今天晚上是不是又會出現呢？

不過那樣時機未免也抓得太準。

如果順利，我就給他一個什麼供品吧。

我不知道那傢伙喜歡什麼，所以也不確定他會不會高興。

想著想著，我睡著了。

然而在今晚的夢裡，人神並沒有出現。

## 第三話「進入迷宮」

轉移迷宮。

乍看之下，那只是一個洞窟。

外觀沒什麼特別。雖然周圍有很多蜘蛛型魔物，牆上還密密麻麻地爬滿蜘蛛網，不過也就這樣，看起來只不過是山壁上開了一個洞。即使是看照片，我大概也不會有什麼特別的感覺。

然而實際見到後卻不一樣。洞口透出一股陰森的氛圍……能讓人直覺理解「那裡就是迷宮」的氛圍。

不過，那同時也是一種會激起好奇心的氛圍。所謂的迷宮，是不是每一個都會散發出同樣的空氣呢？

「那麼，魯迪。接下來要按照之前的討論行動，可以吧？」

「了解。」

保羅拍了拍我的肩膀，我點點頭回應。

我們排成講定的隊形，踏入迷宮。

雖然這是我初次挑戰迷宮，但是沒什麼興奮感，只有不允許失敗的壓力。

「老爺，祝您戰無不克。」

「大家請多小心。」

莉莉雅和維拉、雪拉會騎馬返回城鎮。大型冒險者集團在挑戰迷宮時，有時候會安排支援人員在迷宮入口搭營，不過幸好這裡距離拉龐只要一天路程，甚至半天就能趕到，因此沒有必要特地在洞窟外面等候。

「那麼我們出發吧。」

洞窟裡很暗，不過還沒有暗到伸手不見五指的程度。或許是洞窟內部在發光吧，大概是微暗的感覺。

然而，這個環境也絕對不能說是明亮，摸黑行動恐怕會成為致命的因素。

「我要點起光源了。」

「好。」

進入洞窟以後，我立刻使用從七星那裡拿到的精靈卷軸。

於是一顆光球往上飛，在我們的頭上盤旋。

基斯也和我一樣使用了卷軸。因為他負責擔任斥候，需要另外的光源。

基斯和保羅也可以使用這個卷軸。當然，能夠灌注大量魔力的我可以讓精靈維持最久，不過發動時必須消耗的魔力似乎微不足道。發現這下可以不必拿著火把的兩人都很高興，畢竟一隻手被火把占用果然還是很不方便。

精靈的光線比火把還亮，即使魔力不高也可以維持很久。只要這東西普及開來，說不定火把會從市場上消失。

「保羅，你兒子帶來了很方便的東西呢。」

「是啊，他可是我引以為傲的兒子。」

看到保羅得意地挺起胸膛，塔爾韓德似乎有點不以為然。

「但是你本身似乎不是值得自豪的父親。」

「別說出來啊，我很在意這一點。」

保羅嘆了口氣，肩膀也無力地下垂。

「好了，我們趕快前進吧。」

聽到基斯的催促，一行人踏進洞窟深處。

第一層，我們在螞蟻窩般的洞穴中前進。

牆壁和天花板上布滿了大量的白色蜘蛛絲，深處可以看到藍白色的轉移魔法陣發出光芒。

在這裡，我們讓發出日光燈般光芒的燈之精靈走在前面。

「我記得偶爾也會出現沒發光的魔法陣，必須特別留意，對吧？」

「沒錯，魯迪。你一定要踩著基斯的足跡前進。」

先行探路的基斯離我們大約十步。

他穿著特殊的靴子，底部黏著十字架形狀的鐵板，會在踩過的地方留下十字痕跡。當然，那不是魔力附加品。大概是冒險者的智慧結晶吧，是一種可以防滑，還可以留下清楚足跡的方便道具。

不過呢，在這一層要找出轉移魔法陣並非難事。

第一層出現的魔物是朱凶蜘蛛。只是地上還有一大堆被朱凶蜘蛛當成主食的別種蜘蛛以及尚未長大的小蜘蛛到處亂爬，呈現出一種會讓討厭蜘蛛的人當場嚇昏的光景。

在這樣的蜘蛛群中，會突然出現空白處，一些圓形或四邊形的空間。那種地方就是轉移陷阱。要是因為不想踩爛蜘蛛而踏上那些空白部分，還來不及眨眼就會被傳送到其他地方。

結果，我們只能踩著小蜘蛛前進。雖然覺得不太舒服，但也沒有其他辦法。

另外，身為B級魔物的朱凶蜘蛛基本上不會在通路裡出沒。就算偶爾冒出一兩隻，也會被基斯發現，然後立刻由保羅負責解決。目前尚未輪到我上場。

「哼，這種程度的敵人還很輕鬆。」

保羅拿著兩把劍，一個勁地往前。

這兩把劍的其中之一是保羅在家也幾乎隨身不離的劍，想必是他的愛劍。看起來並不像是具有什麼特別的力量，卻能一劍把朱凶蜘蛛砍成兩半。與其說是這把劍極為鋒利，恐怕更應該歸功於保羅的劍技吧。

至於左手那把劍是我沒見過的造型，大概類似所謂的短劍。長度不像短刀那麼短，也沒有長劍那麼長。雙面開鋒，劍身稍微彎曲，還附有可罩住手部的護手。至於劍刃正中央的洞，可能是為了防止砍斷的東西黏在劍上。

只是，保羅很少使用到左手的劍，他基本上都靠右手的劍來戰鬥。為什麼要拿著左手那把劍呢？難道是中二病太嚴重嗎？

「……真的……很輕鬆！」

還有，雖然這事無關緊要……但是保羅每打倒一隻魔物，就會往我這裡瞄一眼。真有夠煩，他應該是想讓我看看自己的帥氣一面吧。我已經知道爸爸戰鬥的樣子很帥了，真希望保羅不要掉以輕心。（註：原文「戦うパパはかっこいい」，東京電視台播出電影《魔鬼司令》時的廣告台詞）

「保羅！你該好好看著前方！」

看吧，艾莉娜奶奶罵人了。

「沒問題啦，我們已經來過第一層很多次了，沒有那麼容易出錯。」

「這種大意心態會害死你。」

「就說我知道啊。」

「況且基本上，你從剛剛開始就太往前了，走在最前面的人應該是我吧！」

「這裡只是第一層，沒什麼差吧！」

艾莉娜麗潔和保羅吵了起來。

「唉，又開始了。」

可以聽到背後的塔爾韓德邊嘆氣邊說了這麼一句。

「我就算了，但魯迪烏斯是第一次挑戰迷宮，你該以大人身分好好做個榜樣！」

「所以我一直在尋找對話的機會，試圖幫他緩解緊張啊。」

「說什麼謊！現在的你就跟塞妮絲剛加入隊伍那時一樣，散發出一種浮躁的感覺！」

「呃，這句話倒是讓我無法反駁。不過妳啊，現在怎麼變得這麼囉哩囉嗦。」

「這是當然。你現在也等於是我的兒子，有錯就要責罵！」

聽到這句話，保羅哼笑一聲。

「什麼兒子啊，妳是因為和魯迪相處太久，所以連對我都愛屋及烏了嗎？拜託別這樣，說什麼妳是我媽，光聽都讓我起了一身雞皮疙瘩……」

「……哎呀，魯迪烏斯沒告訴你嗎？」

「告訴我什麼？」

「希露菲是我的孫女。魯迪烏斯既然和我的孫女結婚，等於是成了我的孫子。這樣一來，身為他雙親的保羅和塞妮絲……你們兩人也相當於我的孩子。」

保羅停下腳步。他慢慢轉向我這邊，然後跨著大步走來。

由於隊形瓦解，一行人停止前進。

「喂，這是怎麼一回事，魯迪？艾莉娜麗潔在胡言亂語，說什麼希露菲是她的孫女。」

話說起來，我好像真的還沒有跟保羅報告。

「聽說羅爾茲先生是艾莉娜麗潔小姐的兒子。」

「你說羅爾茲？那傢伙從來沒提過這種事情啊。」

「呃，因為過去好像發生過很多事情，所以隱瞞了艾莉娜麗潔小姐的存在。」

「噢……原來如此啊……好像也不是不能理解……」

「比起那種事，我們還是趕快前進吧。大家要慎重一點，絕對不可以掉以輕心。」

「啊……嗯。」

保羅一副已經明白的態度，老實回到前衛。

「真的假的……居然和艾莉娜麗潔成了親戚……不會吧……」

不過還是這樣嘀咕了一句，看來受到很大的打擊。

第一層很輕鬆。大概是因為正如保羅所說，他們已經來過很多次了。

我們沿著通路前進，途中稍作休息，然後突破裡面擠滿朱凶蜘蛛的大房間。碰上大量敵人時，是由身為魔術師的我負責殲滅對方。

然而在進入第一個大房間之前，塔爾韓德提出幾個注意事項。

「你聽好了，不可以使用火魔術。」

「為什麼？」

「一旦用火，房間裡會充滿毒氣。尤其是階層變深後更是要特別注意。」

「……無法用解毒治好嗎？」

「不行。」

我想所謂的毒氣，恐怕是一氧化碳中毒吧。在密閉空間裡用火會耗掉氧氣，讓人很快就意識模糊，就算用的是魔術也一樣。

「還有，也禁止攻擊天花板。理由你應該懂吧？」

「因為有可能會導致洞窟坍塌。」

「沒錯。所以最好也不要用太多水，盡量用冰攻擊。」

「知道了。」

如果使用大量的水，會造成地盤鬆動。不過稍微用到應該不要緊吧，而且我還會土魔術。話雖如此，土魔術有可能會在不知不覺之間動用到洞窟裡的土。萬一掏空了洞窟內的支柱，說不定會引起坍方。

所以還是用冰吧，按照建議行動是比較妥當的選擇。

如此這般，我決定使用上級水魔術「冰槍暴風雪(Blizzard Storm)」，這是能降下大量冰槍的魔術。為了避免波及到保羅他們，我從最深處的敵人開始依序殲滅。

「喔喔，不愧是洛琪希的弟子，連使用的魔術都相同……」

背後傳來塔爾韓德的自言自語。洛琪希似乎也擅長「冰槍暴風雪」，我有點開心。

「而且還是無詠唱，難怪洛琪希會引以為傲。」

聽到塔爾韓德這些話，我得意洋洋地殺光蜘蛛。一行人繼續前進。

我們突破蜘蛛巢，踏上深處的轉移魔法陣。

然後沿著通路移動，前往下一個蜘蛛巢。

進入迷宮後，這樣的步驟重複了五次。

當然，關於魔法陣，我們每一次都仔細調查，確認和書上所寫是否有相異之處。

雖然第一層的魔法陣會轉移到什麼地方已經全數判明，不過這是為了確認書中內容的可信度。

外形、顏色、特徵。我們一邊前進，同時確定這些是否和書上情報完全一致。

大概要花上一個小時，才能到達一個魔法陣。

這段過程重複了五次，換算成時間大約是五個小時吧。

第一層的終點是一個布滿蜘蛛巢的房間，深處並排著兩個魔法陣。看起來比至今為止的魔法陣更大一些，藍色也更深一點。

雖然顏色較深的魔法陣就是通往下一層的魔法陣，但是旁邊還有另一個很相似的魔法陣。什麼都不知道的傢伙來到這裡時，恐怕無法判斷哪一個才是正確答案。

但是目前在其中一個魔法陣的前方，放著一顆刻有圓圈記號的石頭。

據說這是基斯以前留下的標記，顯示出正確的魔法陣。

對照書上情報確定沒錯之後，我們踏上魔法陣。

接下來要進入第二層。

從第二層開始，地上的小蜘蛛消失，蜘蛛巢也大幅減少，地面的土壤終於顯露在外。

不過取而代之的是巨大的鋼鐵毛蟲——「鋼鐵爬蟲」開始四處出沒。這種高一公尺，長兩公尺的鋼鐵爬蟲給人一種粗短壯碩的印象。

可以說是和〇之谷裡的王蟲相近的感覺。這種魔物的堅固頑強正如外表，動作卻是敏捷到不符外表。這速度與其說是毛蟲，反而更容易讓人聯想到蜈蚣。

再加上鋼鐵爬蟲和朱凶蜘蛛似乎是同夥，會由鋼鐵爬蟲擋在前方，朱凶蜘蛛躲在後面用有黏性的蜘蛛絲攻擊。

一旦被蜘蛛絲纏住，就會慘遭體重恐怕重達一噸的鋼鐵爬蟲蹂躪。

鋼鐵爬蟲很堅硬，就算是保羅也無法一擊將其打倒。

這種時候就輪到我出手。我可以同時使出兩種魔術，一邊用「冰槍暴風雪」招呼後衛的朱凶蜘蛛，一邊用岩砲彈把保羅和艾莉娜麗潔負責吸引住的鋼鐵爬蟲一隻隻解決。

聽說鋼鐵爬蟲的硬度似乎能彈開普通的岩砲彈，但是那種事情和自己沒什麼關係，我輕輕鬆鬆就能打穿。話雖如此，或許該說不愧是蟲子吧，沒擊中確切位置時不會立刻死亡，有時候還會發狂般地痛苦翻滾掙扎。

「這下我沒機會上場了。」

我正在精力充沛地工作，後面的塔爾韓德卻很無趣地嘀咕了一句。

為了因應緊急狀況，他隨時待在我附近待命。當然，為了避免那種突發的危機，包括基斯在內的其他三人行動時都很謹慎。

因此直到目前為止，塔爾韓德還無事可做。

不過這樣就對了，前進時能保留預備戰力的現況甚至會讓我感到安心。

朱凶蜘蛛吐出蜘蛛絲攻擊。我原本以為狼蛛不會吐絲築巢，但這種魔物肯定是例外。有時候蜘蛛絲會吐到我這裡，不過已經發動魔眼的我不會被擊中。就算被擊中也不會受傷，而且只要用火魔術燒斷就行，完全不成問題。

「啊……可惡……」

「討厭，到處都黏黏的。」

話是這麼說，但前衛似乎沒辦法躲開所有蜘蛛絲，因此保羅和艾莉娜麗潔身上到處都是帶有黏性的蜘蛛絲。

「拿去，不要隨便浪費啊。」

雖然我可以幫忙燒掉，但是基斯帶著能溶解蜘蛛絲的液體，他們拿來以水稀釋後使用。據說這是在貝卡利特大陸流傳的特殊藥品，對人體無害。無害歸無害，艾莉娜麗潔卻抱怨這東西會讓皮膚會變粗糙，聽起來很像清潔劑。

應該帶回去拿來洗碗盤試試。

「好，在這裡休息一下吧。」

戰鬥結束後，我們聽從基斯的指示原地坐下休息。

只有塔爾韓德和艾莉娜麗潔繼續站著把風。

保羅才剛坐下，立刻脫掉鎧甲和配劍帶，動手擦拭表面的魔物體液。他是要利用短暫的休息期間，迅速保養好裝備。根據那熟練的手法，可以看出保羅確實是這一行的專家。

「怎麼了，魯迪？你也快點進行吧。」

「啊……是。」

受到保羅略帶嚴厲的斥責，我也開始檢查裝備。

不過我只是從遠距離用魔術攻擊，其實沒什麼必須維修的地方。

話說回來，保羅怎麼這麼安靜？明明在第一層時，每次休息他都會問我覺得怎麼樣之類……果然是因為到了第二層，所以認真的程度也不一樣了嗎？

Daddy真是cool。（註：出自匿名留言板5ch的哏）

「嘖，擦不掉。」

保羅用布擦著黏在鎧甲上的體液，嘴裡咒罵一聲。

「要不要試試基斯先生剛才使用過的藥水？」

「那不是用來除去蜘蛛絲的嗎？」

雖然嘴上這麼說，保羅還是沾了藥水，用力擦了幾下。於是鎧甲潔白如新……不，其實鎧甲並不是白色的。

「喔！真的擦掉了，謝啦。」

「不客氣。」

那藥水果然是清潔劑。回程時如果屯一批回去，說不定希露菲會很高興。要是能在那邊製作就更好……

保羅擦掉髒汙之後，立刻穿上鎧甲，拔出劍走向艾莉娜麗潔那邊。我正想也去跟塔爾韓德換班，基斯卻對我搭話：

「前輩，你不必去把風。」

「可以嗎？」

「沒關係，反正那個老先生前面都沒幹活。比起把風，我比較想趁現在先聽聽前輩對今後行動的意見。」

「不必找父親一起討論嗎？」

「不必啦，前輩的腦袋比那傢伙靈光。」

基斯一邊閒聊，同時從行李中拿出書和地圖。地圖總共有兩張，其中一張描繪得很仔細，另外一張只製作到一半。

「我們馬上會進入第三層，和洛琪希走散的場所……是這裡。要是運氣好，洛琪希應該還待在那附近……如果實際情況真的跟書上一樣的話啦。」

「嗯。」

按照書上所寫，轉移陷阱似乎設定好只會轉移到同一層。就算是隨機轉移，也不會發生踩下去就直接被傳送到最下層頭目（Boss）面前的狀況。

洛琪希是在第三層被轉移到其他地方。我不知道她踩中的魔法陣是隨機轉移，還是單向傳送的類型。但是不管怎麼樣，只要洛琪希還活著，她很有可能待在第三層裡。

當然，也有可能已經從第三層幸運脫身，回到第二層或第一層。

然而洛琪希曾經來過這兩層好幾次。按照她的實力，如果能靠自己從第三層回到第二層，那麼正常來說，她理應已經逃出迷宮。畢竟更深入第四層的可能性實在不高。

「沒有那種能夠用來找人的方便魔術吧？」

「嗯，沒有。」

我試著思考現在能用的魔術是否可以拿來應用，但是無法立刻想到好點子。

「我說前輩，憑直覺也沒關係，你認為洛琪希在哪裡？」
「直覺……」
「因為在這個迷宮裡，沒辦法靠右手法則來把整個迷宮走遍。所以如果要找人，也需要用到那類感覺。」
「那麼……我想是這一帶吧。」
我姑且隨便指了一下地圖的空白部分。
「從被轉移的地方往東嗎？好，我們就從那邊開始找吧。」
還真是隨便。我覺得按照右手法則來地毯式搜索的效率會比較好，但是，這裡沒有人能做出科學分析。因此到頭來，還是只能前往過去尚未找過的地方。
「老實說，沒有洛琪希的我們連第二層也無法突破，這次多虧有了前輩。畢竟那個鋼鐵爬蟲真的很難對付。」
「我想也是。」
塔爾韓德擅長的屬性不適合用來對付這裡的魔物。身為主要戰力的保羅也因為被蜘蛛絲纏住而無法充分發揮前衛的功能。維拉擔綱前衛時算是不太可靠，沒辦法補助得像艾莉娜麗潔那麼完善。想要通過這裡，肯定要有會使用冰系或火系魔術的成員。
一旦洛琪希離隊，即使進退維谷也很正常。
反而該說他們也算很行，可以在洛琪希不見後成功脫離此地。

「我是很想做點什麼，但是這附近的魔術師實在不多，有骨氣挑戰轉移迷宮的傢伙更是一個都沒有。」

基斯這邊好像也一直在想辦法。回想起來，我們到達這裡時，基斯也正在公會裡找人加入……只是看起來並不順利。

「真是讓基斯先生耗費了很多心力。」

「嘿，不算什麼啦。是說，我說過叫我新人就可以了。聽到前輩講話這麼客氣，真讓人覺得背後發癢。」

「好吧，新人。下次我會介紹可愛的母猴子給你，到時讓對方幫你抓抓背後的蝨子吧。」

「哦，聽起來不錯。在這種地方，連花街都去不成……不對，誰是猴子啊！」

我和基斯也有很多事想聊，不過暫且放一邊去吧。

後來，我們兩人一起確認了接下來的行動路線。

基斯製作的地圖很清楚易懂，只是和已經完全網羅的第一層相比，第二層還有幾處空白。該不會洛琪希和塞妮絲其實就在這些空白的地方吧。

儘管有點不安，但首先要前往第三層。我們的目標不是最靠近的地方，而是要從最有可能的地方開始尋找。

「基斯，我們目前在哪一帶？」

這時，艾莉娜麗潔突然探頭介入。基斯指著地圖回答。

「在這附近。」

「很快就會突破第二層了呢。」

「嗯，不過蜘蛛和毛蟲還會繼續出現。」

「出現的魔物種類竟然會在途中變化，這裡真是個棘手的迷宮。」

「沒錯。」

艾莉娜麗潔吐了一口氣，把頭髮往上撥。或許是我多心，總覺得她自豪的垂直捲髮似乎也有點失去彈力。

「對了，基斯你為什麼稱呼魯迪烏斯為前輩？」

「咿嘻嘻，因為在德路迪亞族的牢房裡發生了一點事。」

「德路迪亞族的牢房……是以前基列奴說過的那個？在那裡怎麼了？」

「回去以後我再詳細告訴妳。」

基斯帶著賊笑結束話題。

德路迪亞族……真讓人懷念。那時候的我很隨性自由，現在可就沒辦法擺出那副樣子。不，如果是在床上，其實隨時都保持那種狀態吧。

看來我還有餘裕，可以在心裡自己和自己一搭一唱。

就這樣，我們到達第三層。

計算時間，大概是進入迷宮後過了十小時吧。行動極為迅速。

「我原本以為必須花上好幾天。」

「去沒有地圖的地方就會那樣。」

保羅回答了我不經意的自言自語。

必須一邊摸索一邊前進，跟可以參考地圖前進時的狀況不同也是理所當然。

地上已經看不到小蜘蛛的蹤影，牆上偶爾會出現蜘蛛絲，不過沒有什麼生物的動靜。取而代之的是，可以感覺到昏暗洞窟的深處傳出某種令人毛骨悚然的氣氛。

從這裡開始才是正式挑戰，首要之務是找到洛琪希。

「……」

念頭剛起，我覺得自己好像聞到懷念的洛琪希香味。

不，這不是我的錯覺。確實是洛琪希的香味，洛琪希的氣息。

我不可能會弄錯，可以感覺到胸中一陣騷動。

她在這裡。

我確定洛琪希就在這裡。

## 第四話「她當時的心情」

我因為細微的聲響而清醒。

周圍很暗，而且很狹窄。

沒錯，這個空間非常狹窄。

經過數十次轉移後到達的這裡狹窄得如同搖籃。

面積大概只能讓一兩個人躺下來。

高度也很低，連我都幾乎會頂到天花板。

但是既然此處如此低矮狹小，那麼只要我待在這裡，就不會有魔物轉移過來吧。

我坐在這空間的角落裡，靠著牆壁凝視眼前的東西。

那是一個魔法陣，隱約透出藍白色光芒的魔法陣……轉移魔法陣。

只要把一隻腳踏上去，就會被傳送到某個地方。

那裡恐怕會是魔物的巢穴，擠滿幾十隻魔物的死亡空間。

一個月前，我不小心犯了錯。

我可以辯解那是無可厚非的錯誤。戰鬥中，自己為了躲避飛過來的攻擊而向後退了一步，卻被石頭絆到。一個踉蹌，正好踩到了轉移魔法陣。

明明在戰鬥前已經先確認過哪裡有陷阱，我還是如此輕易地踩中了那個陷阱。

結果，被轉移到的地方有大量的魔物。大概有二十……不，至少有三十隻吧。

我是一個魔術師，自認算是優秀。

儘管無法做到無詠唱方式，但也成功縮短了詠唱咒語，能比一般魔術師更快使出魔術。而且習慣面對大量敵人，不會因為被魔物包圍而驚慌失措。所以我立刻產生要將魔物全數殲滅的念頭。

但是，魔物卻源源不絕地湧出。透過眼角的餘光，可以看到魔物接二連三出現。這個迷宮裡的魔物很清楚每個轉移魔法陣會通往何處。

這裡是魔物的巢穴，是牠們用來捕食可憐犧牲者的陷阱。

我已經做好自己會死的心理準備。

我能夠打倒魔物。但是，魔力並非無限。我直覺到自己遲早會力盡倒下。

當我的魔力只剩下三成……不，兩成以下的時候，敵人的數量依舊沒有減少。屍體增加，然而魔物還是前仆後繼地湧上。

現狀已經成了一局死棋。

救援沒有出現，說不定自己遭到同伴拋棄。換成我站在對方的立場，肯定會丟下這種笨手笨腳的女人。就算魔術實力再怎麼高明，會踩中陷阱的遲鈍傢伙也只會拖累其他人。

不，我不認為他們會拋棄我。可能是保羅先生他們也在轉移範圍之內，結果被轉移到其他地方去了；或是因為戰力不足，所以不得不暫時撤退。

總之，沒有人來救我。我壓抑著想哭的心情，拚命戰鬥，同時感覺到自己的魔力正在逐漸減少。

在這種狀況下，我注意到一線光明。這個寬廣的房間裡有六個魔法陣，其中一個不會出現魔物。說不定那個魔法陣通往的地方沒有敵人。

只能孤注一擲。我使出所有魔力突破魔物的包圍，跳向那個魔法陣。

最後到達的地方就是這個空間。

總算是保住一條命。

實在僥倖。背包裡還有一些食物，而且只要使用魔術，需要多少飲水都能製造。就待在這裡等到魔力恢復，然後再想辦法逃出去吧……我抱著這種想法度過了一天。

隔天，我踏上這房間裡唯一的魔法陣，結果來到陌生的通路。看來那是一個會隨機轉移的魔法陣。

周圍感覺不到其他人的動靜。為了離開迷宮，我決定自行製作地圖並開始移動。雖然也考慮過是否要等待救援，但是保羅先生他們有可能已經全滅。轉移陷阱就是那麼恐怖的東西。

我沿著通路四處徘徊，發現了一個轉移魔法陣。於是在旁邊的岩石上做了記號並踏進魔法陣，再度被轉移到另一條沒走過的通路。

然後重複這些步驟好幾次。在轉移迷宮裡，只有這樣做才能前進。

移動時必須避免踩到陷阱，還要小心藏在岩石等東西後面的魔法陣。

我不確定自己是在前進還是倒退。轉移迷宮會讓人連目前的所在位置都無法掌握，也無法依靠感覺來做出判斷。

儘管感到不安，但是我必須繼續往前走。

食糧問題也是個隱憂，因此我打倒魔物，以肉為食。

然而經過幾次轉移之後，自己又被丟進魔物的巢穴。

我拚命戰鬥，同樣也找出不會出現魔物的魔法陣。

結果再次回到這裡，回到這個狹窄的空間。

不知道已經重複過多少次了。

五次？十次？踏上眼前的魔法陣後，每次都會被傳往不同的地方。

但是，遲早會回到這裡。

我已經身心交瘁，實在很難再擠出力氣。根據生理時鐘來計算，大概已經過了一個月。這一個月以來，我沒有獲得任何成果，只是不斷繞著圈子。

戰鬥並不好應付，沒有一次能輕鬆解決。我被擊中過數次，甚至曾經因為流血過度而意識朦朧。而且不知道是從第幾次之後，魔物開始會擋在我想逃進去的魔法陣前方。

那些傢伙的智力高得出乎意料，我必須使出全力才能突破包圍。

身體到處都在隱隱作痛，食物也已經吃光了。這裡的魔物肉很硬，很難吃，甚至對人體有害到必須使用解毒才能吃下去。我可以感覺到自己的體力變差，只剩下魔力依舊充沛。

顯然已經窮途末路。

我不知道下一次會怎麼樣。只要敵人的數量再多一點，或是合作再巧妙一點，我就會耗盡魔力，被魔物肢解吃掉。就算好運逃過那種下場，成功殺出重圍，也只會回到這個地方。

光想到這些，就讓自己無法再踏進眼前的魔法陣。

我想，魔物們恐怕已經察覺到我的存在，也知道我躲在這個狹窄空間裡。而且，牠們很清楚等我踏上這個狹窄空間的魔法陣後，遲早會回到那個充滿魔物的巢穴。

牠們大概是在等我。充滿期待地埋伏在某個地方，等我因為疲勞而犯下致命性的錯誤。

我有預感，已經沒有「下一次」了。

「……」

這時，我第一次明確體認到自己很可能會死。

事後一定找不到屍體，也不會留下任何遺物。

自己即將死去，卻什麼也無法留下。

我很害怕，真的很害怕。牙齒不由自主地開始打顫，我用力握緊魔杖，有股衝動想要大吼大叫。

至今為止，我曾經多次目睹死亡。以冒險者身分活到現在，也碰上很多次有人死在自己眼前的狀況。強壯的戰士被魔物當成枯木劈成兩半，聰明的魔術師像番茄一樣被魔物壓爛。還有多才多藝的盜賊，迅速敏捷的劍士，這些人都在我面前失去生命。

每當看到這種景象，我有時候也會隱約覺得……總有一天大概會輪到自己。

然而同時，卻又認為自己應該不會有事。話雖如此，現在實際面對這種可能性後，我只感到滿心恐懼。

自己還沒有達成任何目標，而且有想嘗試的事情，更有想實現的夢想。

對，夢想，希望能當上教師的夢想。我喜歡教導別人，雖然欠缺當老師的才能，不過我還是喜歡教導別人。所以等這件事結束後……等順利救出塞妮絲小姐後，我想去魔法大學參加教職考試，想成為學校裡的老師。

魔法大學裡有我的師傅，吵架之後就各分東西的師傅。要是再見到面，說不定我們又會吵架。但是我總覺得，如果是現在的自己，和那個師傅應該也可以順利相處……他是個自我顯示欲很強烈的人，或許已經當上副校長了。

我還想感受一下所謂「普通的幸福」。沒錯，只要當上教師，應該也有機會結婚。和喜歡的男性結婚，住在一起生活，然後共度熱情的夜晚。雖然我身為魔族，外表如同孩子般矮小，不過起碼還有點機會吧。

「哈……」

我忍不住自嘲地笑了。在這種情況下，真虧自己還能想到那些不切實際的夢想。

我會死。兩個夢想都不會實現，只會在此慘死。

事已至此，根本不可能獲救。

我不知道有誰曾經落入這種絕境後還撿回了一條命。

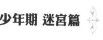

……我不想死。

可是，正是因為不想死，我踏上魔法陣。

我的預感成真。這次還是被轉移到沒走過的通路上，沿路在沒見過的魔法陣旁邊留下記號並轉移了幾次，最後，很理所當然地被丟進魔物的巢穴。

只看一眼，我立刻明白這次完蛋了。

因為魔物們把死掉的魔物屍體堆在轉移魔法陣上。果然魔物不會被轉移到那個狹窄的空間中嗎？如此一來，我只能先把屍體全部移開再踩上去。

「而且還要一邊和這麼多魔物戰鬥……」

我覺得魔物們擺出的隊形很高明。牠們採用放射型的配置，並且防守著屍體堆——我打算逃進去的那個魔法陣。

位於我正前方的鋼鐵爬蟲專注於防禦，朱凶蜘蛛躲在其後吐出蜘蛛絲試圖阻止我的行動。更後面還站著巨大的泥人「瘋狂髑髏」，正在射出岩塊攻擊。

心想這簡直是軍隊的我詠唱出咒語。

「莊嚴大地之鎧環繞吾身！『土堡（Earth Fortress）』！」

土製堡壘在我周圍成形，不久之後就會在頭上形成圓頂，將我保護在內吧。不過，我在牆壁到達一定高度時停止控制。

我不需要圓頂。只要有高度及胸的圍牆，就能夠擋下往前衝的鋼鐵爬蟲。

「水滴落下四散，以水覆蓋世界！『水蒸(Water Splash)』！」

接著，我身邊浮現出無數水珠，化為子彈向四周飛散。

但是，這個魔術的攻擊力非常低，頂多只能稍微阻止魔物們前進。我很清楚這件事，也隨即詠唱出下一個魔術。

「從天而降的蒼之女神啊，揮舞錫杖凍結世界吧！『冰結領域(Icicle Field)』！」

由於剛剛被水滴擊中，魔物的表面開始迅速結凍。這是結合「水蒸」和「冰結領域」的混合魔術「冰霜新星(Frost Nova)」。

擔任前衛的魔物完全不動了。

我趁這個機會繼續擊出魔術。

「霜之王，廣大雪原的霸王。身纏純白，奪走所有熱量的零之王。掌管死亡的冰冷之王將凍結一切！『冰槍暴風雪』！」

縮短的詠唱完成。這個魔術原本會在四周全面射出冰槍，現在卻針對前方以放射狀攻擊。冰槍越過被冰凍的敵人前衛，接連刺中後方的其他魔物。

故意不打倒敵人的前衛。要趁著前衛變成冰雕並形成屏障時，詠唱上級魔術，攻擊位於後方的其他敵人。我曾經利用這個戰法，破解了西隆附近的迷宮。

這是必勝的戰術。然而……

「……果然……沒有用嗎……」

在後衛魔物死亡的同時，轉移魔法陣中接二連三地湧出其他魔物。新的魔物踩過死去的魔物往前，迅速補上了損失的戰力。

轉眼之間，房間裡又塞滿魔物。

我的內心也充滿絕望。

必須移開那堆屍體才能夠突破此處，但是，我實在無法同時做那麼多事。

「嗚！」

瘋狂髑髏的岩彈從遠處飛來，破壞一部分土堡，可以看到因為結冰而動作變慢的鋼鐵爬蟲從缺口入侵。

我背後冒出冷汗。

「以焦灼之劍斬裂敵人！『火斷（Flame Slice）』！」

炎刃飛出，把鋼鐵爬蟲的甲殼燒成赤紅。鋼鐵爬蟲在地上痛苦翻滾一陣之後死去。

這種魔物的弱點是火。在洞窟裡用火並非上策，會演變成自尋死路的結果。但是，剛才卻是不得不用。

「莊嚴大地之鎧環繞吾身！『土堡（Earth Fortress）』！」

我再次製造出土壁，剩下的魔力不斷減少。

滿心焦躁的我開始思考，思考到底該怎麼辦才好，思考究竟要怎麼做才能得救。一邊思考，一邊接連打倒魔物。但是我找不到答案。是不是無計可施了？是不是一切都已經完了？我是不是果然會死在這裡？

即使產生這些念頭，我還是以事務性的動作繼續打倒魔物。

「……啊。」

我突然覺得無法站穩，意識也開始模糊，這是魔力即將枯竭的徵兆。

只要再使出幾次魔術，自己就會昏倒。

「不……」

我握緊魔杖。不，我不想死。

明明不想死，腦裡卻接連浮現出至今的往事。

出生之後沒多久，當我懂事時，雙親臉上是充滿遺憾的表情。

故鄉是個安靜的村子，我發現只有自己無法和其他人溝通。雙親覺得我很可憐，於是教導我如何說話。後來我受到前來村子的旅行魔術師感化，開始學習魔術。就這樣以初級水魔術作為武器，離開村子。出奔之後，我遇上三名少年。和他們一起成為冒險者，旅行了數年。直到其中一名同伴喪命，隊伍也就此解散。

接著，我前往中央大陸。在那裡認識了各式各樣的人，得知魔法大學的存在。

於是我進入魔法大學就讀。這是自己第一次接受正式課程，深受感動。在考試中獲得高分，實際演練也留下成果，遭到周圍的人們嫉妒。在宿舍裡，我和朋友一起躺在床上談天說地。升上高年級之後，我遇上了師傅。等到自己能輕鬆使用師傅傳授的水聖級魔術後，我變得自以為是，對於師傅的各種嘮叨也感到很不滿。所以畢業之後，沒和師傅致意就直接踏上旅途。

我認為如此優秀的自己在阿斯拉王國應該也能找到工作，因此前往王都。結果卻一直無人願意僱用，只能慢慢往邊境移動。然而到了邊境後，工作依舊沒有著落，實在不知道該如何是好。這時，我發現徵求家庭教師的告示。

就這樣，自己認識了保羅先生一家，包括魯迪。在那裡，我因為目睹保羅夫妻的房事而感到興奮，也因為發現魯迪的才能而感到驚訝和嫉妒。然而，看到魯迪並沒有像自己那樣得意忘形，我心裡產生一種類似尊敬的感情。於是我把水聖級魔術傳授給魯迪，再度踏上旅程。

我潛入西隆王國附近的迷宮，成功破解之後，獲得西隆王宮的招聘。開始教導帕庫斯王子魔術後，我再度體認到自己有多麼缺乏教師的才能，以及魯迪有多麼優秀。

後來收到魯迪的信，於是我全心全力地製作了魔神語的教科書。不過因為發生很多討厭的事，我決定離開西隆王國。

過了一段時間，我得知轉移事件的消息，還結識了艾莉娜麗潔和塔爾韓德。他們的奔放行為讓我受到了衝擊。三人一起前往魔大陸後，我和雙親再會，也確認父母其實是愛著我的。後來遇上奇希莉卡，接下來，接下來……

這些情景瞬間在腦海裡一一閃過。鋼鐵爬蟲已經逼近眼前。

先前使用的火魔術讓房間溫度上升，減弱了冰霜新星的效果。

已經不行了。我還不想死……我不想死，真的不想。

「不……不要……！」

我醜態盡出地亂揮著魔杖。魔杖卻被飛過來的蜘蛛絲纏住，直接脫手掉落。

「我不想死，誰……哪個人來救救我……！」

即使往後退，也只會撞上牆壁。鋼鐵爬蟲步步進逼，一隻接著一隻。自己已經無計可施，會這樣被魔物生吞活剝嗎？不，我不要那樣。

「誰來救救我……」

啊。鋼鐵爬蟲已經……不……

看到迫近的魔物，我用力閉上眼睛。

（再也……無法見到媽媽他們了……）

最後，我腦中想著這件事。

★★★

然而不管我等了多久，最後那一刻都沒有到來。

是不是自己瞬間喪命，其實現在已經死了？

不可能是那樣。但是，我連聲音都聽不到了，說不定已經身處死後的世界。我戰戰兢兢地睜開眼睛，卻發現面前出現超乎想像的光景。

那是一片冰凍的世界。

不管是朱凶蜘蛛、鋼鐵爬蟲，還是瘋狂髑髏……

全都成了潔白的冰雕。伴隨著清脆的聲響，後方的瘋狂髑髏突然崩塌，核心的頭骨掉到地上摔得粉碎。必須從裡到外都徹底結凍才會發生這種現象。

和我那種只能凍住表面的冰霜新星相比，威力完全不同。

恐怕所有魔物都死光了吧。

「……咦？」

不明白發生什麼事的我在混亂狀況下撿起魔杖。

「呀！」

魔杖變得像冰一樣冷，讓我不由得又鬆開手。魔杖落地，在寂靜的世界裡造成聲響。或許是對此有反應，一個說話聲傳進我的耳中。

「啊……太好了……」

有一名青年沿著冰雕之間的空隙走來。

看到他的瞬間，我的心跳開始加速。

耳邊也聽到胸口傳出的怦咚怦咚響聲。

血液一口氣往上衝，可以感覺到臉頰逐漸發燙。

我理想中的男性就在眼前。

對方有一頭似乎很柔軟的頭髮，配上柔和的長相。身材修長，裝備是長袍——顯然是個魔術師，體格看起來卻很健壯。這名身穿鼠灰色長袍，手拿大型魔杖的青年來到我身邊。

他露出明顯鬆了一口氣的表情，低頭看我。

「咦？咦？」

接著，把我抱入懷中。他的手臂很溫暖，很有力，感覺也很可靠。

一股帶著點汗水味，卻讓人感到懷念的氣味飄了過來。

青年彎下腰，把臉埋在我的肩膀上，似乎很感動地用力吸了一口氣。

「嗯……」

「……嗚！」

這時，我注意到一件事。這一個月以來，自己一直沒有洗澡。

「啊。」

回神時，我已經把他推開了。

「咦？」

青年露出驚訝的表情。這下不好，明明他救了我一命，我卻做出失禮的行為。不，可是我不希望他覺得我很臭……呃，不對，現在不是在意那種事的場合吧？

咦？我的思緒跟不上狀況。

「對……對不起，因為有點臭……」
「呃……會臭嗎……真是抱歉。」
他一臉受到打擊的表情，聞了聞自己的袖子。
「不是的！我是說我自己，因為我已經待在這種地方一個月了。」
「啊……是這樣嗎？不，我不介意喔。」
「我會介意！」
哎呀，這樣不行。這種事無關緊要，我應該先表達謝意才對。
「非常感謝你出手相救。」
「不，這是理所當然的行為。」
他居然說是理所當然，明明這個人沒有義務必須費心從那麼多魔物手中救出我啊。對了，名字。我得問清楚他的名字。
「嗯哼……初次見面，我叫作洛琪希．米格路迪亞。如果方便，能告訴我你的大名嗎？」
我這麼說完，青年卻整個人愣住，彷彿化為雕像。自己說了什麼奇怪的話嗎？
「初……初次見面……？」
「咦？啊，我們在什麼地方見過嗎？如果是那樣的話，非常抱歉，就是……我不記得了……」
話說起來，我覺得自己好像在什麼地方見過這個人。是在哪裡呢？他跟保羅先生長得有點像……不過我會忘記那樣的人嗎？

「不……記得了……」

他臉色發青。我是不是讓他不高興了？不，可是自己好像真的在什麼地方見過這個人。他看起來滿面熟的，我記得以前……

「不記得……不……」

他微微搖著頭，踉踉蹌蹌地往後退了幾步。接著，突然摀住嘴巴……

「嗚噁噁噁……」

然後吐了。

後來我才知道，這個青年就是魯迪——成長之後的魯迪烏斯．格雷拉特。保羅先生他們也追著魯迪來到此地，受到眾人保護的我終於死裡逃生。

## 第五話「不屈的魔術師」

久別重逢的洛琪希沒有什麼變化。

不管是外表的年齡還是散發出來的氣質，全都一如既往。

不過，大概該歸咎於一個月的迷宮受困生活吧，她顯得相當衰弱。消瘦的臉頰，明顯的黑眼圈，還有髮絲散亂的辮子，整個人也髒兮兮的，簡直像是個街童。當然，即使成了這副模樣，洛琪希的個人風範依舊分毫無損。

看到洛琪希的情況，基斯立刻做出撤退的判斷。這個判斷很正確。

我們決定由塔爾韓德揹起洛琪希，開始往地上移動。雖然我提議務必由我來負責搬運洛琪希的玉體，不過一旦少了我的戰力，基本上我們根本無法通過第二層。

所以這是無可奈何的做法。我心裡暗暗覺得怎麼能把洛琪希交給那種粗野的男人，但是包括洛琪希在內，沒有任何人提出異議。

「真是不好意思，塔爾韓德先生，給你添麻煩了。」

「別在意，洛琪希。我偶爾也該幫忙妳。」

「我身上不臭嗎？魯迪都吐了，我想應該相當難聞吧。」

「哈哈，這種程度就嫌臭的話，哪有辦法當冒險者！」

途中，前方不遠處傳來這樣的對話。聽說洛琪希和塔爾韓德曾經兩人結伴旅行很長一段時間，從這些對話裡也能聽出彼此的信賴關係，讓我有點嫉妒。

「老師，我並不是因為覺得您很臭喔。」

在嫉妒驅使之下，我從後面對洛琪希搭話。她只回頭看了我一眼，隨即把臉轉開。

「那……那麼，你為什麼吐了呢？」

「是因為見到洛琪希老師的喜悅，和被老師忘記的悲傷同時夾擊了我的胃，所以不堪負荷。」

「……我……我並不是忘了，我只是沒辦法把以前那個可愛的魯迪和現在的魯迪聯想起來而已。」

洛琪希支支吾吾地解釋之後，就閉上嘴不再說話。

「……」

儘管只有簡短交談幾句，但久違的洛琪希聲音實在順耳動聽，讓我覺得自己快升天了。

看到洛琪希回來，留守組開心歡呼。

大概是因為他們開始探索這個迷宮之後，這還是第一個好消息。不過這個好消息其實也只是把自己挖的坑給填上而已。不，我不會多嘴潑這種冷水。無論起因為何，喜事就是喜事。

莉莉雅馬上把洛琪希帶去洗澡。

在這段期間，不知道自己能不能幫洛琪希做些什麼的我來到房間前面晃來晃去，結果被維拉趕走，還說禁止在女性入浴的時候靠近這裡。

在此嚴正聲明，自己絕無歪念。我只是想為洛琪希做點什麼而已，真的只是這樣。

我確實有前科，不過這次是清白的……原本想如此主張，最後還是打消念頭。

其實這樣也好。

畢竟我本性難移。要是往旁邊亂瞄時正好看到成堆的待洗衣物，說不定會直接手滑把最上面的白色布製物體塞進口袋裡。不能讓可憐的 Ghost 有機會在我耳邊低語，自己只是「目前」還清白。所以考量到這一層之後，會覺得這樣也好。（註：「Ghost 在低語」是影射《攻殼機動隊》裡的台詞）

為了讓體力恢復，洛琪希接下來必須靜養幾天。

話雖如此，她也是冒險者。沒有外傷，也還留有能夠自己行走的體力。所以洛琪希發出豪語，說她只要吃些美食然後躺在柔軟床上好好睡一覺，很快就可以回歸現役。

看起來真的不要緊了。

只是，自己居然才剛見到洛琪希就表現出那麼難看的樣子，她會不會對我幻滅呢？我也知道突然狂吐實在很沒禮貌，不過那時候真的受到嚴重打擊。畢竟我只覺得明明自己從來不曾忘記洛琪希，洛琪希卻把我忘了。

……話說回來，希露菲也說過我對菲茲說「初次見面」讓她大受打擊。

當時的希露菲也是這樣的心情嗎？

回去以後，我必須好好向她道歉。

洛琪希睡了整整一天一夜。

畢竟她在滿是魔物的迷宮裡待了一個月，這也是可以理解的狀況。

想在她醒來時第一個打招呼的我來到房間前面晃來晃去，結果被莉莉雅趕走。不過那時透過門縫看到洛琪希安穩的睡臉，因此還算不錯。希望她能早日恢復。

洛琪希在第二天離開床鋪，那時正好是吃午飯的時間。

她以僵硬的動作來到正在吃飯的我們身邊，在同一張桌子旁坐下。

「早安，洛琪希老師！」

「嗯，魯迪……魯迪烏斯先生，早？安。」

包括我在內，坐在這裡的成員共有四人。我、艾莉娜麗潔、保羅與塔爾韓德。

至於基斯和另外三人則是出門購物去了。探索組回到城鎮時就專心休息，這段期間內由待機組負責行動，基本上是這樣的規劃。

基斯明明是探索組，卻連待機組也負責指揮。真不知道該說那傢伙是過於勤勞還是過於認真。我看他放棄冒險者，改行當管理階層說不定反而比較好。

「各位……」

在場的所有人都把視線集中到洛琪希身上。

洛琪希一臉鄭重表情，先和每個人都四目相對，然後低下頭開口說道：

「這次真是給大家添了麻煩，我已經不要緊了。」

對於她的行動，出現各式各樣的反應。有人伸手環住洛琪希的肩膀叫她別在意；有人點點頭回答說救人是理所當然；還有人喝了一口酒，然後把酒瓶遞給她。至於我，則是因為看到洛琪希歸隊而感動到說不出話。

「總之呢，要謝就謝魯迪吧。要不是這傢伙突然對我說什麼感覺到神的存在，而且還打破牆壁往前衝，否則我們恐怕無法找到妳。」

保羅的說法讓我聽起來很像是危險人物，不過也不知道為什麼，在攻略第三層的途中，我突然感覺到洛琪希的所在位置。而且，還產生洛琪希陷入絕境的預感。

判斷事態緊急的我把崩塌的危險拋在腦後，朝著聲音來向直線前進。

途中雖然有牆壁阻擋，但我毫不介意地挖牆開路。

我不知道為什麼會產生那種預感，只是莫名有種確信。我想，一定是自己和洛琪希之間的緊密關係拉著我們相聚。沒錯，肯定是那樣。說不定還有一點點可能性是人神做了什麼，但我不相信。因為我的神只有唯一。等一下，這樣說來，這也是所謂的神之導引嗎？既然如此，其實也沒有什麼不可思議。

我正在胡思亂想時，洛琪希朝著我再度低下頭。

「呃……魯迪烏斯先生，那個……非常感謝你。」

……不知道為什麼，現在的洛琪希給我一種疏遠的感覺。

我知道這是什麼感覺，在學校裡學過。是因為稱謂，問題出在她對我的稱呼方式上。「魯迪烏斯先生」這種叫法會讓人感到見外。

「請不要在意，那是理所當然的行動。比起這事，請您像以前那樣叫我魯迪吧。」

我這樣一說，洛琪希微微低下頭，含含糊糊地回答：

「那……那樣不會很像是在裝熟嗎？」

「不，怎麼會是在裝熟呢？如果老師您要稱呼我為魯迪烏斯先生，我會要求父親也那樣叫我。」

「喂喂，你胡說八道個什麼啊。」

我當作沒聽到保羅的吐嘈。

「請像以前一樣，帶著親近感叫我魯迪吧。因為不管過了多少年，洛琪希・米格路迪亞都是我尊敬的老師。」

聽到這些話，洛琪希連連眨著眼睛。

或許是我多心，她的臉頰似乎有點紅。該不會是發燒了吧？

這時，洛琪希突然用力拍打她自己的臉。

「嗯，也對……魯迪。」

「是，老師。」

洛琪希帶著自嘲笑容看向我，她的臉頰依然微微泛紅。

「話說回來，那個……魯迪你長大了呢。」

「因為我是人族，不過老師您還是沒變。」

「是啊……我依然是這種矮個子。」

「我倒是覺得您實際上並沒有那麼嬌小。」

「是嗎……？」

好懷念啊。只要閉上眼睛，和洛琪希的往事就歷歷在目。

初次見面的情景，她第一次教導我魔術的那一天。拜領聖物的情景，學會聖級魔術的那一天。彼此分別的情景，用書信往來的那些日子。這些全都是寶貴的回憶。

「話說回來，你使用的魔術非常高明。看來即使我不在，你還是有認真修行。那個是帝級的水魔術嗎？」

「您說的那個是指哪個呢？」

我有用過帝級魔術嗎？

「我是指你救我時使用的那個魔術。看那即效性、威力和範圍，真的非常了不起。那就是傳說中的帝級魔術『絕對零度（Absolute Zero）』吧？」

不是，那只是冰霜新星而已。在第二層移動時，我從塔爾韓德那邊聽說冰霜新星是洛琪希用過的有效魔術，所以效法了一下。

但是，洛琪希現在一臉「怎麼樣，我沒說錯吧？」的表情。

直接否定是正確的選擇嗎？洛琪希是水魔術的專家，認錯魔術會不會是很丟臉的事情？我是不是該順著她顛倒黑白才對？當然，這種謊言會馬上遭到拆穿。所以在此先肯定她的推測，事後悄悄解釋真相想來是比較聰明的做法吧。不，可是……萬一回答帝級反而讓洛琪希感到不快，那該怎麼辦？雖說我的岩砲彈似乎有等同於帝級的威力，但實際上我無法使用那種層級的魔術。

唔……該怎麼做才對？

「不，那只是冰霜新星，不過威力比妳的魔術強大。」

「啊……是……是那樣嗎，真是不好意思。」

我還在猶豫，塔爾韓德已經搶先開口回答。他真是多管閒事，我得趕快打個圓場……

「真是的，洛琪希妳還是老樣子。不過，我也贊成覺得魯迪烏斯有可能使出帝級魔術的意見。」

然而，艾莉娜麗潔立刻幫忙緩和尷尬。

「畢竟魯迪烏斯是在魔法大學裡也被另眼相待的魔術師嘛。」

又來一個多管閒事的傢伙。這時，我注意到其他人的視線都集中到自己身上。好，這是個好機會。

「全都是拜老師的教育所賜，才能有現在的我。」

我自信滿滿地這樣說完，洛琪希卻回以懷疑的眼神。

「魯迪……我在很多地方都聽說過這件事，但你是真心那樣認為嗎？」

「當然是。」

洛琪希的教導成為我的基礎。「外出」、「和別人對話」、「對任何人都不能有偏見，要友好相處」、「隨時都要拚命努力」……這些教導已經在我心底深深扎根。

所以，我才能和瑞傑路德建立起良好關係。儘管有些時候無法遵守這些教導，不過那是另一回事，畢竟人類不可能隨時保持最佳狀態。

重點並不是有沒有遵守，而是有沒有奉為圭臬。

以這種角度來看，我很尊敬洛琪希，尊敬到想請她簽名。

「不，就算沒有我的教導，你還是自己進步了。」

洛琪希露出自嘲的笑容。

「還變得這麼傑出，和犯錯被困在迷宮裡的我完全相反。」

然後，她趴倒在桌子上。可以看到頭頂的髮旋，有點可愛。

「師傅很優秀，弟子也很傑出，這樣不就好了嗎？」

說這句話的人是保羅，說得真好。沒錯，雖然我根本算不上什麼傑出，但是洛琪希確實是優秀人物。就算在細微末節上輸給弟子，那又怎麼樣呢？那種程度的事情根本不足以衡量洛琪希。

「要是沒有洛琪希，我們也早就不在這裡了。妳該更有自信。」

聽到保羅這樣說，洛琪希似乎稍微振作了一點。她撐起身體，點了點頭。

等到基斯回來後，我們舉行會議。包括待機組在內，所有人都湊在一起。

「雖然還是要看洛琪希的健康狀態如何，但是我想把下次挑戰的時間訂在三天後。」

主席基斯如此宣布。

「不會太快了嗎？」

回答的人是保羅。其實探索迷宮相當耗損心力，尤其是轉移迷宮這種滿是陷阱的場所，連戰鬥中也得分神去閃躲那些不能踩到的地方。

身為後衛的我也就算了，前衛兩人的負擔想必很重。

「洛琪希要儘快重回迷宮比較好。」

「嗯？噢，對了，原來如此。確實是那樣。」

保羅點頭同意，但是我有點無法接受。

洛琪希才剛碰上差點喪命的遭遇，這麼快就回到迷宮肯定會讓她很難熬。

「老師她還需要再休息一陣子吧？」

「嗯？噢……前輩你可能不知道，但是在迷宮中死裡逃生後，要是沒有趕快再去，就會罹患再也無法進入迷宮的詛咒。」

「詛咒？有那種東西？」

「嗯。雖然不清楚原因，不過聽說那種人想要進入迷宮時，就會因為心中充滿恐懼而無法動彈。」

噢，我生前在漫畫裡有看過這種劇情，那好像是一種恐慌症，也就是ＰＤ。

還聽說過治療方法是就算失敗也要讓患者立刻重新來過。意思是關於這方面，不管在哪個世界都一樣嗎？

「而且，前輩你是探索迷宮的新手，短時間內多挑戰幾次會比較容易獲得經驗。」

「原來是這樣，確實有道理。」

這些對話之後，周圍的成員也紛紛開口。

「我可以說明兼任攻擊魔術師和治癒術師時該怎麼行動。」

「魯迪那種破牆前進的方法最好不要常用，有導致崩塌的危險。」

「既然那樣，還是我在前面吧。」

「我有個想法，保羅要不要和我交換位置？」

大家各自提出對上次的感想以及對下次的意見，由主席基斯負責整合。

每個人都很認真。我原本以為他們更加隨性，看來沒那回事。就算曾經鬧翻解散，這些人還是S級的冒險者隊伍。

在這場會議中，我很少發言。頂多是被問到第一次挑戰迷宮後有何感想，所以開口回答一下。

他們是專家，我是外行人。不管自己多擅長魔術，也不能忘記這個前提。因為就算上次很順利，也無法保證這一次也能一樣。

「總之，我們下次要繼續攻略第三層。雖然會根據實際進展判斷，但至少要找到前往第四層的魔法陣後再撤退，可以嗎？」

「沒有異議。」

基本上，在迷宮裡找到前往下一層的通路後，會決定要繼續深入還是要暫時撤退。如果決定撤退，再度進入迷宮時就會一直線前往上次的最後地點，從那裡繼續探索。我們之前一口氣前往第三層的做法就是那種案例。

聽說要是間隔太久，陷阱有可能會變多，因此迅速行動很重要。

「話說起來，書上寫第四層是完全不同的感覺，好像會變成類似遺跡那樣。」

「也就是說，這裡可能會有兩個最深處。」

「嗯……算了，第四層的問題等以後再說吧，下次要先破解第三層。」

「好。」

歷史悠久的迷宮有時會和其他迷宮融合，形成擁有兩個魔力結晶（心臟）的狀態。聽說那種迷宮的風格會在途中突然轉變。

轉移迷宮符合這種特徵。話雖如此，好像也不是每個符合這種特徵的迷宮都有兩個魔力結晶，這頂多只是一種可能性。

按照書上所寫，轉移迷宮的魔力結晶只有一個。

不過也有可能這裡本來不是轉移迷宮，而是隨處可見的普通迷宮和其他遺跡融合，最後就成為轉移迷宮。

至於所謂的其他遺跡……舉例來說，就是轉移遺跡之類。

「大家提到的書是指什麼？」

這時，洛琪希提出疑問。

「是魯迪帶來的書。有個傢伙攻略到轉移迷宮最深處附近，這本書是他的筆記。妳也先看過一遍吧。」

基斯把書遞給洛琪希。

「哦，有這種東西……我知道了，明天會仔細閱讀。」

洛琪希明天的預定好像是讀書。

那麼，自己也待在旅社裡吧。我想和洛琪希多說點話，本來不知道該聊什麼才好，既然她要看書，那麼只要聊書中內容應該就可以了。洛琪希提問，我來回答。嗯，這樣好，很好，真的很好。

「那麼，我們來調整一下隊形吧。塔爾韓德，麻煩你了。」

我正在私下盤算，議題已經進入下一階段。塔爾韓德清了清嗓子。

隊形由他負責決定。因為他站在隊伍最後面，也是最常看到看到整個現場的人。

「嗯，包在我身上。」

只是他滿身酒臭，這傢伙總是這樣。

雖然基斯到了晚上也會猛灌黃湯，塔爾韓德卻是從白天就喝個不停。

不過，開始探索迷宮後他就滴酒不沾，是個能夠切換模式的男人。

「基本上和以前一樣。」

桌子上準備了畫有兩條線的紙和各種顏色的小石頭。

塔爾韓德首先放上水色的石頭。

「首先，還是照舊由洛琪希殿後。」

「好的。」

洛琪希點了點頭。接著，塔爾韓德在水色旁邊放上了鼠灰色的石頭。

「魯迪烏斯負責輔助洛琪希。洛琪希是遇到意外狀況就會失誤的類型，但是魯迪烏斯擁有『預知』魔眼，而且年紀輕輕卻很冷靜，或許能事先防止失誤發生。」

「……是。」

這種講法很像是在指責洛琪希不夠冷靜。我原本想提出抗議，然而洛琪希之前確實誤踩了轉移魔法陣，這裡還是別自己惹事吧。

不過，可以換個角度思考。預知眼無法預測視線範圍以外的事情，也就是說，我必須一直看著洛琪希。只要認為這樣是讓自己在探索期間內能名正言順地隨時盯著洛琪希瞧，其實對我來說也不是壞事，畢竟我只要看著洛琪希就會感到幸福。

「保羅和艾莉娜麗潔交換吧。保羅在前，艾莉娜麗潔在後。」

塔爾韓德一邊說，同時把紅色石頭保羅和黃色石頭艾莉娜麗潔前後交換。話雖這麼說，實際上這兩顆石頭的位置幾乎是並列。

他的意思大概是指負責的工作彼此交換吧。之前是擔任坦的艾莉娜麗潔主導，保羅輔助；這次要反過來由保羅作為主坦，艾莉娜麗潔負責輔助。

「基斯和以前一樣。」

褐色的石頭被放在隔了一段距離的前方。最後，他把代表自己的石頭放在中衛的位置上。

「我想應該沒有必要，但是第三層的敵人數量很多，還是由我來擋在後衛前面吧。」

斥候：基斯。

前衛：保羅、艾莉娜麗潔。

中衛：塔爾韓德。

後衛：魯迪烏斯、洛琪希。

形成這樣的隊形。扣掉基斯，看起來很像麻將的五筒。

「還有其他意見嗎？」

我舉起手發言：

「所以基本上，我擔綱的角色應該沒有改變吧？」

「嗯。關於詳細的合作方式，你可以和洛琪希好好討論。」

聽到這句話，我看向洛琪希。她回看著我，以有點緊張的態度用力吞了口口水。

「我知道了。老師，請您多多指教。」

「我才該請你多指教，也會努力不要扯後腿。」

感覺會扯後腿的反而是我啊。

我希望洛琪希能表現出更有自信的氣勢。魔力總量和能夠使用的魔術種類或許是我稍占上風，但是數值化的強度無法決定一切，而是要加上經驗才能發揮出強度的真正價值。考量到這方面，我認為洛琪希比自己更勝一籌。

被困在轉移迷宮裡一個月，獨自持續奮戰，而且逃離幾天後就要若無其事地再度挑戰，洛琪希的心理素質實在讓人敬佩。

如果是我碰上那麼艱辛的遭遇，一定會打心底發誓再也不踏入迷宮。

所謂君子不立於危牆之下。要說是孬種也行，反正我是懦夫。

「好，探索組大概就這樣。接下來是待機組的工作。」

接下來，基斯俐落地對待機組做出指示。他把探索中的必要購物清單交給維拉，然後跟雪拉確認洛琪希被救出後的健康狀況，藉此預測塞妮絲可能是什麼狀態，再吩咐雪拉要準備好醫療用品。最後，他拜託莉莉雅要把這些物資都妥善統整好。

如果探索組的組長是基斯，那麼待機組的組長就是莉莉雅。

然後，整個隊伍的隊長是保羅。

講到這個隊長要做什麼，就是做出最終決斷和點名。

「好，所有人都要為三天後做好準備，那麼解散！」

在保羅的號令下，我們各自解散。

隔天。洛琪希待在旅社一樓看書，我則是在她周圍晃來晃去。我希望她如果有什麼不明白的地方就來問我，不要找別人，而是找我。

「那個，魯迪……」

「是！有什麼事嗎？老師！」

「你一直在那裡晃來晃去會害我分心。」

洛琪希帶著苦笑這樣說。

「非常對不起。」

我低頭道歉，打算離開現場。

這樣啊，會害她分心嗎？也對，我會妨礙她看書。

不能打擾到洛琪希，這不是我的本意，自己只是想幫助老師而已。不過，這下也沒辦法。如果她覺得我礙眼，真的就沒辦法了。我該去哪裡好呢？對了，去找個沒什麼人的酒館吧。偶爾獨自喝一杯也好，就這樣做吧。

「魯迪。」

但是，這時後方傳來聲音。

「既然你有空一直在這裡晃來晃去，我有幾個關於這本書的問題，請你告訴——」

「好的！」

我立刻在洛琪希旁邊坐下，大概已經創下世界最快紀錄。

如果自己長著狗尾巴，或許已經製造出旋風，成功飛上半空了吧。

「老師哪裡有問題呢？請盡量問。」

啊啊……話說回來，洛琪希真的好嬌小。可能和我的身體長大了也有關係。感覺只要讓她坐在自己腿上，就可以把整個人抱進懷裡。不過那樣做會惹她會生氣吧……

「……」

我正盯著洛琪希觀察，她也側著臉從下方抬眼看我。

「怎麼了，老師？」

聽到這句話，洛琪希立刻轉開視線，重新看向書本。

「不，沒什麼。關於這個部分……」

不知不覺間，我連身高也已經超過她不少。或許她會感到不甘心，畢竟洛琪希好像很介意自己的身高。

抱著這些想法的我在這一天，就和洛琪希一起讀書度過。

實在心滿意足。

## 第六話「勢如破竹」

洛琪希歸隊後，我們再次展開迷宮攻略行動。

首先按照預定，一口氣前進到第三層。

第三層的敵人共有三種。除了朱凶蜘蛛和鋼鐵爬蟲，還多了瘋狂髑髏。

瘋狂髑髏是A級的魔物。外表是沒有頭的泥巨人，高度差不多有二點五公尺，寬度也很驚人，顯得厚實頑強。胸口埋著一顆頭骨，那裡就是弱點。對了，大概是甲〇拉或薩〇爾那種感覺。（註：甲米拉（ジャミラ）是電視影集《超人力霸王》裡的怪獸，薩基爾（サキエル）是動畫《新世紀福音戰士》裡的第三使徒）

行動緩慢，但是泥巴部分無論遭到多少攻擊也不受影響。陷入危險狀態時，會把胸口的頭骨藏進體內。攻擊手段是用泥製的身體毆打敵人，還會使出類似岩砲彈的魔術。

但是，這些並不是瘋狂髑髏被評為A級的理由。

而是因為這傢伙居然能夠率領智力較低的魔物——把朱凶蜘蛛和鋼鐵爬蟲當成奴僕使喚。

雖然外表近似魔像（Golem），瘋狂髑髏卻具備了高度的智能，會組成以鋼鐵爬蟲為前衛，朱凶蜘蛛為中衛，自己是後衛的的隊形襲擊敵人，是指揮官型的魔物。

第二層會碰到的敵方戰術是鋼鐵爬蟲往前衝鋒，朱凶蜘蛛吐出蜘蛛絲來纏住敵人，到了這裡會再加上瘋狂髑髏的指揮和魔術攻擊。

對於在第二層就陷入苦戰的保羅他們來說，第三層的敵方戰術想必更加棘手。光是戰鬥就讓他們費盡全副心力，恐怕也沒有餘力去搜尋洛琪希的下落。

不過，有我和洛琪希加入後就沒有任何問題。

整個看下來，中衛的朱凶蜘蛛其實不成什麼問題，只要我優先針對後衛的瘋狂髑髏，而洛琪希優先針對前衛的鋼鐵爬蟲分別攻擊，即可破解這種戰術。至於朱凶蜘蛛，交給保羅他們三人就足以對付。

我從後方，洛琪希從前方開始殲滅敵人，等數量減少後再換保羅他們上場。就是這樣的形式。

瘋狂髑髏很怕水，因為身體由泥巴組成，含水量太高會造成泥巴流失。或者用火也行，只要讓泥巴乾掉，那傢伙就無法行動。

只是，我用岩砲彈就夠了。發動魔眼後狙擊，可以一招擊穿弱點的頭骨。這就叫作 One shot one kill。

我是技巧高超的狙擊手，不過也是那種待在開始地點(Spawn)不動的 Camper。（註：指玩ＦＰＳ遊戲時待在某個定點不移動的玩家）

「呼。」

殲滅敵人後，洛琪希吐出一口長氣。我看了看她從帽沿底下露出的臉，大概是因為魔力減少，已經稍顯疲態。

這時，洛琪希突然轉了過來，又是側著臉微微從下方抬眼看我。

然而彼此的視線才剛對上，她卻立刻移開。

「我的魔力快要耗盡了，希望能休息一下。」

聽到洛琪希的提案，我們回到通路開始休息。

我這邊的魔力還有餘裕，甚至減少不到一半。但是自己基本上只用了岩砲彈，洛琪希則是使用「冰霜新星」凍住敵人，消耗較快也是理所當然的事情。

「抱歉，我的魔力總量很少。」

洛琪希一邊坐下，一邊喃喃說道。

「不，我覺得相當充沛。」

洛琪希使用魔術時的精準度極高。明明她不斷以縮短的詠唱來使出廣範圍的魔術，卻從未誤擊到隊友。「水蒸」的水滴有時也會噴到保羅他們身上，然而之後的「冰結領域」卻只會凍住敵方，可以說是精準得驚人。

既然如此精準，想必會消耗大量魔力。明明這樣，她卻能持續戰鬥相當長的時間，所以絕對不是魔力總量太少。

我想大概和希露菲同等，或是在她之上吧。

「好啦，我們找了這麼久，也差不多該找到前往第四層的魔法陣了吧。」

基斯搔著下巴，對照著地圖和書上內容。

我們潛入第三層後，已經將近兩天。那本書的作者當初花了五天才突破第三層。但是我們進展的速度比他們快，而且已經來過第三層好幾次了，地圖也逐步完成。我想也該找到下一個魔法陣了。

「魯迪，可以借用一下你的背嗎？」

「請。」

聽到我的回答，洛琪希把身體靠了上來。

她在休息時間中總是會這樣做。可能是因為比起岩壁，靠著其他人的背後更能舒服休息吧。對我來說這算是賺到。

「話說回來，我從未想過自己有一天會和魯迪你一起潛入迷宮。」

「是啊，請問我的行動有什麼需要注意的地方嗎？」

「咦？你已經把在團隊中該如何行動的基礎做得很好了，我沒有什麼好建議。」

「謝謝您。」

「無詠唱魔術也極為精準，真是了不起。」

「不，我還差得遠呢。」

還差得遠。沒錯，我的實力還不到家。看到洛琪希的表現，我真心如此認為。她並沒有增加手頭可用的招式，就讓自己能做到的事情變多，也就是運用並組合現有招式來戰勝對手。

我以前應該也是一樣，卻在不知不覺之間變得只會使用岩砲彈和泥沼。

實際上這樣下去不是辦法，然而某種程度以下的對手卻光靠那兩招就能取勝。話雖如此，要是換成被自己拿來當成假想敵的傢伙，那種耍小聰明的花招卻根本行不通。問題是，也找不到其他實力差不多的適當對手。最終目標過於遙遠，卻又缺少眼前的目標，如此一來當然不可能進步。

「魯迪。」

「什麼事？」

「救出塞妮絲小姐之後……如果哪天有了餘裕，你要不要和我一起去攻略迷宮呢？」

「只有我們兩個人嗎？」

「嗯。雖然現在狀況吃緊，不過探索迷宮其實是很有趣的事情。你有興趣和我組成隊伍，一起去挑戰更簡單的迷宮嗎？」

迷宮啊……老實說，我覺得要是沒有基斯，自己應該會沒兩下就中了陷阱。

可是，洛琪希是單槍匹馬也能夠闖蕩迷宮的人。儘管有點少根筋，卻做出了實際成績。只要跟著她行動，或許真能突破迷宮吧。

「好啊。等回去以後，我們兩個人一起去探索迷宮吧。」

「約好了喔。」

「嗯，約好了。」

我用眼角餘光看到洛琪希握緊拳頭。

「……啊，我有點睏了，要小睡一會兒。」

「好的，晚安。」

過了一段時間，可以感覺到背後的洛琪希整個人都放鬆了。

雖然剛剛順口答應，可是探索迷宮相當耗時費日吧？必須養小孩的我有那種空閒時間嗎？

……算了，反正也不是立刻要去，等以後哪天有空時再實行就好。等孩子出生，長大到一定歲數，我和希露菲都有餘裕之後再去挑戰。屆時自己可能已經超過二十歲，不過當然還是不成問題。

話說回來，洛琪希居然邀我一起組隊，實在讓人開心，有種實力獲得認可的感覺。在她面前我必須小心一點，不能表現出扣分的一面。

想著想著，我也睡了一下。

找到通往第四層的魔法陣後，我們把第三層徹徹底底地搜索了一遍。

結果，還是完全沒發現塞妮絲的蹤影。因此，我們決定前往第四層。

一踏入通往第四層的魔法陣，周圍的環境就整個變了樣。

眼前出現熟悉的石牆，和轉移魔法陣的遺跡看起來很像。搞不好這裡果然是同系統的遺跡變化而成的迷宮。

「基斯，要怎麼辦？」

「嗯？目前還有一些餘裕。」

「好，那麼我們先確認一下第四層是什麼感覺再暫且撤退。」

保羅以一臉精悍表情對正在東張西望的我說道。雖然陷入低潮的保羅不管怎麼看都是個廢人，但是工作中的他果然很帥氣。

如果塞妮絲是看到保羅這種表現所以迷上他，說起來好像也很正常。既然自己也繼承了保羅的血統，那麼希露菲經常稱讚我的話或許並不是客套而是出於真心。

「老師，我認真的時候看起來帥嗎？」

我不由得問了洛琪希，這種行為似乎有點自戀。

洛琪希從帽沿下瞄了我一眼，給了個模稜兩可的答案。

「咦？啊……嗯……這個……應該算是帥氣吧？」

接著，她迅速轉把臉轉開。

ＯＫ，有這種反應就夠了，心意有傳達出來。看來我問了難以回答的事情，實在失禮。自己好像有點得意忘形。不過如果是換成洛琪希天真活潑地問我覺得她可愛嗎，我肯定會擠到最前列，雙手高舉螢光棒大聲歡呼並表示同意。

男人靠的不是臉，而是內在。必須具備一顆熾熱火紅的鋼鐵之心。

只要以這種鋼鐵之心給予重擊，無論是誰都會被直接撂倒。

「魯迪，有敵人。」

我看向前方，只見兩具長了四隻手的鎧甲魔物正在逐步靠近。

是裝甲戰士。基本上，這類鎧甲型魔物似乎算是不死系。對不死系魔物有效的魔術是神擊和岩石攻擊。只要賞對方一顆分量足夠的大型岩砲彈，通常一擊就可以把牠們打成碎片。

「我要使用岩砲彈先制攻擊。」

「啊！魯迪，等一下。」

洛琪希阻止舉起魔杖的我。

「聽說裝甲戰士會使用水神流的劍術，貿然使用魔術的話會遭到反擊。」

水神流……我很少碰到這個流派的人，那是一種以順勢化解與趁隙還擊為主體的劍術。而且不知道為什麼，這些技術對魔術居然也有效。儘管我不清楚到底是如何辦到，但是據說針對攻擊魔術，有可以發出劍氣作為反擊的劍技。

一般的敵人大概還不成問題，但是這次的對手有四把劍。

畢竟不是人類，說不定可以同時對付四個人並且全都使出反擊。

「原來如此，那麼我們該怎麼辦？」

「阻止對方行動，然後專心支援吧。因為這是雙方第一次交手，首先要慎重行事。」

「知道了。父親，我要使用泥沼，請注意腳下！」

「好！」

鎧甲型魔物力量大，劍術也很高明，但是行動遲緩。此外，因為鎧甲沉重，很容易陷入泥巴裡。

話雖如此，如果製造出太深的泥沼，有可能會貫穿地盤。雖說應該不會那麼容易就導致崩塌，不過會造成地形變化的魔術還是該適可而止，我想深度及膝就差不多了。

「『泥沼』！」

我趁著裝甲戰士即將往前跨步時，在地面製造出泥沼。兩隻魔物都迅速下沉，直到大腿以下都陷入泥中才停止。這時，兩名前衛跳向魔物。

「保羅，左邊由我來。」

「好……妳每次都挑左邊的。」

「因為貼著牆壁用劍會很難行動。」

「妳要什麼任性啊……哎呀危險。」

保羅一副遊刃有餘的樣子。他用右手的劍化解裝甲戰士的斬擊，再舉起左手的短劍迅速砍掉對方的一隻手臂。明明鎧甲看起來很硬，對他卻似乎不成問題。劍神流的劍士真的都是些怪物……還是因為那把短劍特別鋒利？

艾莉娜麗潔這邊則是有點處於下風的感覺。當然她並沒有遭到嚴重的打擊，只是攻擊力過低，沒辦法給予敵人有效的傷害。

「進行支援吧，魯迪。我們一起放出魔術，瞄準艾莉娜麗潔小姐的對手。」

「了解。」

我舉起魔杖，準備使用岩砲彈。既然敵人現在行動受限，想來不會被避開。

只是，不實際動手就無法確定對方能順勢化解速度多快的攻擊。

「塔爾韓德先生！」

「好！」

塔爾韓德舉起盾牌站到我們前方，他是想在如果有劍氣飛過來時以自身作為屏障嗎？只要不是當場死亡，我就可以使用上級治癒魔術進行治療，希望他至少要避免要害被打中。

「『岩砲彈』！」

「以英武的冰之劍制裁目標吧！『冰霜刃（Icicle Edge）』！」

我和洛琪希在同一時間先後放出魔術，子彈型的岩砲彈和類似斬○光輪的冰刃都飛向敵人。（註：出自超人力霸王的招式）

敵人反射性地想要順勢化解我方攻勢。雖然牠舉起兩把劍，表現出準備迎擊的動作，卻被抓準時機的艾莉娜麗潔用盾牌重擊，因此失去平衡。

岩砲彈扯掉鎧甲的手臂，冰刃深深刺進鎧甲的胸前。

敵人停止動作，隨即四分五裂地崩落。

同時，保羅也結束了戰鬥。

「到了A級，果然還是沒辦法立刻解決。」

雖然他嘴裡這樣說，但實際的戰鬥時間大概才一分鐘左右。只是無法一擊打倒對方而已，甚至連苦戰都算不上，三大劍術都習得上級的經歷果然不是浪得虛名。

若以才能來看，保羅應該具備可以到達聖級的水準吧。不，說不定保羅實際上已經擁有相當於聖級的實力。畢竟光憑分級，很難測出一個人真正的強弱。

「父親，您是不是變得比以前更強了？」

噢，糟了，我居然講出可能會讓保羅得意忘形的發言，搞不好他會開始自吹自擂一大串。

「嗯？不，沒那種事，甚至比以前還弱。」

可是，保羅卻連笑都不笑一下，只是看了我一眼就轉向前方。

「好，提高警覺繼續前進吧。」

聽到保羅這句話，我也繃緊神經。沒錯，這裡是迷宮，必須保持警戒才行。話說回來，今天的保羅真帥啊。

如果把保羅這種帥氣表現告訴諾倫，她是不是會很高興呢？

「哎呀？」

這時，艾莉娜麗潔突然探頭看了看保羅的臉。

然後掩著嘴巴嘻嘻笑了。

「保羅這傢伙笑得整張臉都垮了，好噁心。」

「妳管我啊，何必把這種事情講出來。」

「你是因為被魯迪烏斯稱讚所以心中暗喜吧。我懂我懂，嘻嘻嘻。」

「吵死了！快點閉嘴！」

我要收回前言，果然保羅還是保羅。

接下來，我們又打倒幾隻裝甲戰士和瘋狂髑髏，然後決定撤退。

回程是步行，大約花了十五小時，果然還是很花時間。行程如此鬆散，塞妮絲不要緊嗎？不，要是過於焦急，結果和洛琪希一樣，落入救人者反而需要被拯救的窘境可就糟了。

必須慎重行事。而且，我們目前還算順利。

有點緊張但也不會太過緊張，精神上留有一些餘裕，可以說是最好的狀態。

保持這樣下去應該是最佳的做法吧。

回到城鎮之後，我們立刻舉行會議。

在會議中討論出一些必要物品，因此出門採購。

燈之精靈的卷軸也有點不夠用了，我決定事先補滿。拉龐不愧是迷宮都市，魔法陣用的染料和羊皮紙都能取得，也順利製作完成。我完成一張之後，接下來全由雪拉小姐幫忙處理。聽說她在米里斯教團打工時有負責過繪製卷軸，所以很擅長這方面。

而且還保證今天之內可以完成五十張，實在可靠。

基斯跑去購買對鎧甲型魔物有效的藥品。據說丟中對方後，就會纏住關節部分讓敵人行動變慢。因為這東西很重，我提議乾脆在地上潑油不就好了，結果基斯卻笑著說那樣會害保羅滑倒。我同意他的看法後，基斯更是笑得東倒西歪。

保羅和艾莉娜麗潔一起去買劍，似乎是想幫艾莉娜麗潔看看能否挖到寶。她目前使用的刺劍是魔力附加品，能力是可以從劍尖放出真空波，然而要拿來對付裝甲戰士卻有點不便。而且不只裝甲戰士，其實鋼鐵爬蟲之類的堅硬對手也會讓她有點陷入苦戰，因此也不是不能理解。

至於保羅左手的短劍，聽說是在拉龐買到的魔力附加品，具備對手越堅硬劍刃就越鋒利的「破甲」(Armor break)能力。這能力相當稀有，卻因為過於稀有，市場無法判別出這種能力，結果被當成連肉乾都切不斷的廢鐵低價拋售。

保羅聲稱他是憑自己的慧眼看出這把劍的能力，不過我還記得在布耶納村讀過的《佩爾基烏斯的傳說》一書中有個戰士的武器也具備同樣能力。那是一把連肉乾都切不斷，卻能夠把鋼鐵切成兩半的魔劍。我想保羅肯定是從「連肉乾都切不斷」這點來察覺出其中奧妙。

不過呢，難怪這把劍在面對裝甲戰士時可以發揮出那麼高的攻擊力。既然連非慣用的左手也能造成有效的攻擊，保羅當然會表現出一副神勇的樣子。

最後，艾莉娜麗潔買了一把鬥士短劍(Gladius)，據說附加了突刺時會產生衝擊波的能力。傷害力雖然不高，但是緊急時可以把對手打飛，拉開彼此距離。

由於這能力很實用，價格也相當昂貴。艾莉娜麗潔從懷裡取出幾個圓形的魔力結晶，順利買下了那把劍。

她到底有多少個那種魔力結晶啊？

當天晚上，因為塔爾韓德與洛琪希跑來說我既然已經成人，應該起碼可以喝點小酒，所以我加入了他們。

話雖如此，自己也不能在洛琪希面前喝得酩酊大醉，只有陪著喝了幾杯。

原本的議題是三個魔術師的事前會議，然而不知不覺之間，卻演變成由塔爾韓德老師主講的「什麼叫作真男人」講座。內容則是宣稱所謂的男人就該擁有肌肉，具備黃金的肉體才能獲得黃金的精神等等，完全不是適合魔術師討論的話題。不過，我覺得這番話很有意義。沒錯，果然男人必須勇猛強壯。只是洛琪希似乎興趣缺缺，表現出一臉很想睡的樣子……這也理所當然啦。

度過這樣的一天之後，在莉莉雅的送行下，一行人再度踏入迷宮。

我們迅速突破了第四層。

一方面是因為我們變更了裝備又做了周密的準備，另一方面則是因為運氣很好。這次幾乎是直線到達終點，大約只花了三小時左右吧，沿途也很少碰到魔物。

我們並沒有前往第五層，而是在第四層裡到處探索順便把地圖補齊，不過果然還是沒發現塞妮絲的蹤影。

由於此行幾乎沒有損耗，我們決定直接開始攻略第五層。

從第五層開始，除了瘋狂髑髏和裝甲戰士，還會出現暴食惡魔。暴食惡魔是一種擁有巨大嘴巴和尖銳牙齒的惡魔，而且長手長腳，還有能攀在天花板上的銳利爪子。如果用一句話來形容，其實很像某個異形（Alien）。

暴食惡魔是強敵，畢竟牠們能夠沿著天花板和牆壁移動。換句話說，我們組成的隊形無法發揮效果。牠們可以從正忙著對付裝甲戰士的保羅和艾莉娜麗潔的頭上直接通過，來到後方的我們面前。一想到那種光景，就讓人背脊發冷。

話雖如此，暴食惡魔本身並不強。速度快，攻擊力好像也很高，但是防禦力低，而且算不上耐打。第一次遭遇時讓我們有點嚇到，不過這傢伙只要遭到攻擊就會從天花板上掉下來，因此靠著艾莉娜麗潔率先使用她的新武器來順利解決。

暴食惡魔是能夠打倒的敵人。雖說是A級，但只要習慣牠們那種奇特的動作，反而會覺得基礎能力強大的裝甲戰士比較難對付。

然而，必須時時看著上方會造成問題。因為注意力被上方吸走，就代表容易疏忽掉地面上的陷阱。如此一來，有可能會不小心踩到轉移陷阱，被送往奇怪的地方。

「好啦，用那個吧。」

不過我們手上有攻略本。針對暴食惡魔，《轉移迷宮探索記》裡記載了劃時代的對應法。

那些傢伙非常討厭某種味道。只要把被當成食物販賣的塔爾弗洛樹的樹根點起來作為薰香，暴食惡魔就會離開天花板來到地上。而且還會貼著地面趴下，擺出盡可能逃離煙霧的姿勢。因此，會變得非常容易對付。在這種狀況下的暴食惡魔別說B級，降等為C級都沒問題。

這本書的作者真的有深入研究。

如此這般，我們連第五層也迅速過關。雖然因為沒能順利找到通往下一層的魔法陣而稍微多繞了一點路，不過我們的目的並非破解迷宮，而是要找到塞妮絲。

繞路根本不成問題，甚至可以說是正合我們的目的。

最後，我們到達第六層。

「基斯，如何？」

「行得通。」

聽到保羅省略主詞的提問，基斯也簡短回答。各方面幾乎都沒有什麼損耗，準備也很萬全，而且現在氣勢正旺。

「好，那麼我們不撤退，繼續前進。」

「了解。」

已經做好準備，途中也沒有損耗。

既然如此，沒有必要撤退。攻略行動持續往前推進。

# 第七話「第六層的魔法陣」

第六層有滿坑滿谷的暴食惡魔。裝甲戰士不再出沒，只剩下暴食惡魔一種敵人。靠著那個薰香，戰鬥可以說是反而變得比較輕鬆。不過就算是那樣，數量也實在太多了，多到甚至會讓人好奇背後究竟有什麼原因。

當我們移動到第六層最深處附近時，終於查明答案。

第六層的最深處，通往魔法陣的房間是暴食惡魔的巢穴。

房間裡擠滿大量的暴食惡魔，角落裡還有數不清的卵。那些呈現黑色又沾滿黏液的細長惡魔卵長得很像某種神出鬼沒的黑色昆蟲的卵，光看就讓人忍不住打起寒顫。

難道某個地方有類似女王的惡魔存在，然後塞妮絲是在那裡被當成苗床了？

我腦中浮現出這種想像，不過看起來暴食惡魔似乎沒有那種習性。雖然群體行動，但不像是特別有個首領，這方面也跟那種神出鬼沒的黑色昆蟲一樣。

只是，這類魔物到底是誕生於何處，又要前往哪裡呢？

數量多成這樣，應該也沒有足夠的食物吧。

「洛琪希老師，魔物是吃什麼生存的呢？」

「這個嘛……有各式各樣的說法，不過最常聽到的應該是攝取魔力維生的理論吧。」

「魔力嗎？」

森林和洞窟裡的魔力濃度很高，魔物也很多。

對了，七星也提過這個世界的所有一切都宿有魔力。然而魔力無法以肉眼看見，根本無法確認是否真的存在。不，畢竟有魔力眼這種東西，所以姑且是真的存在吧。

話雖如此，既然能吃魔力，那麼就算把魔術一口吞掉也很正常才對。

既然魔術不會被吃掉，是否代表有分成能吃的魔力和不能吃的魔力呢？

說起來，我記得以前聽保羅說過，魔物會想得到迷宮深處的魔力結晶。對於魔物來說，魔力結晶足以成為一頓大餐嗎？

可是如果真是那樣，這裡的魔物卻沒有朝著深處前進，看起來頂多只是要築巢生活下去的感覺。

……算了，煩惱這種事情也沒有意義，畢竟還有裝甲戰士那種顯然什麼都沒在吃的魔物。魔物的生態交給魔物學者去研究就好。

「不管魔物吃什麼，牠們發現人類就會主動攻擊這一點都不會改變。所以只要看到可能會在我們下次侵入迷宮時造成阻礙的卵，就逐一破壞掉吧。」

洛琪希一邊這樣說，一邊以平靜態度處理暴食惡魔的卵。她沒有使用魔術，而是拿著短劍一顆顆刺破。臉上是一派淡漠，不過那正是她的魅力。

只是，原來魔物也會產卵……那麼裝甲戰士那種魔物會有幼體之類嗎？會有拿著玩具劍，像毛氈娃娃一樣的小鎧甲搖搖晃晃地走來走去嗎？

鎧甲爸爸和鎧甲媽媽帶著笑容守護著可愛的鎧甲寶寶，這時突然響起入侵者的腳步聲。鎧甲爸爸和鎧甲媽媽吩咐兒子好好躲起來之後，自己前往戰場。結果出現的敵人是一臉邪惡的保羅，那傢伙單手揮舞著可以說是鎧甲用殺蟲劑的短劍，殘酷地殺害鎧甲爸爸和鎧甲媽媽。看到這一幕的鎧甲寶寶因此認定人類是敵人，在成長後化為主動攻擊人類的魔物。

……真是胡說八道。

「魯迪，你在想什麼？快點來幫忙。」

「啊……是。」

我聽從洛琪希的指示，也開始動手毀掉惡魔卵。

和大房間相連的另外三個房間裡同樣塞滿惡魔卵。雖然看起來不像是快孵化了，不過孵化之後，是不是會生出緊緊附著在人類身上的幼體呢……

結果，當然沒有發生剛孵化的幼體貼在洛琪希大腿上的意外事件，掃蕩工作就此結束。

★　★　★

於是，我們到達了最深處……書上記載的最終地點。

那是一個寬廣的石造房間。

格局呈現正方形，沒有面對入口的牆壁附近各有一個魔法陣。

如果只是這樣，並沒有什麼特別之處。

但是這裡除了魔法陣，看不到其他任何東西。

踏入這個房間之前，我們碰上了大量的暴食惡魔……看起來有上百隻的暴食惡魔和滿坑滿谷的惡魔卵。

然而這裡卻只剩下魔法陣。簡直像是一片聖域，沒有暴食惡魔，也看不到任何惡魔卵。

只能用異樣來形容。

「感覺會通往守護者（Guardian）面前呢。」

「確實有那種氛圍。」

「必須繃緊神經做好準備才行。」

艾莉娜麗潔、保羅和洛琪希都發表感想，並握緊了自己的武器。是不是不管去到哪個迷宮，頭目房間之前都會瀰漫著類似這樣的詭異氣氛？

「好啦，哪個魔法陣是哪一個呢……」

基斯拿出書本，開始逐一確認魔法陣。其他成員則是在入口待機。

「我來幫忙。」

「喔喔，謝了。」

身為姑且有研究過召喚魔法陣的人，我也加入基斯的行列。

結果，不知為何洛琪希也一步步跟了上來。有她在，就如同打了一劑強心針。

「情況怎樣？」

「看起來跟書裡寫的一樣。」

聽到基斯這麼說，我也按照順序比對了一下書上內容和現場的三個魔法陣。

順便說一下，書上是這樣寫的：

「魔法陣共有三個，我立刻看出其中兩個是隨機轉移的魔法陣。因此，我們在認為是正確答案的那一個魔法陣前面放上標記用的石頭，然後踩了上去。但是，那是陷阱。我被傳送到一個陌生的空間，裡面擠滿了擁有滑溜身體的黑色惡魔。沒錯，那正是暴食惡魔的巢穴。那些傢伙發現我的瞬間——」

接下來是關於戰鬥場面的敘述所以省略。

我立刻找到所謂標記用的石頭。那是一顆拳頭大小，被打磨得很漂亮的石頭，上面還刻有數字「六」。至今為止都不曾出現過這種東西。

「總覺得滿心感慨呢……」

「是嗎？這玩意兒明明很不吉利。你聽好了，前輩，像這種全滅隊伍留下來的遺物都不是什麼好東西。」

「這也是你的忌諱嗎？」

「沒錯，就是忌諱。」

「不過他們其實沒有全滅啦……」

我一邊回答，同時仔細研究眼前的魔法陣。外型和至今多次使用過的雙方向魔法陣非常相像。但是，實際上卻不一樣。一旦踏進這個魔法陣，就會遭到隨機轉移，甚至有可能連這個房間裡的所有東西都會被傳送到某個地方去。

既然如此，代表剩下那兩個魔法陣中有一個是正確答案。

然而，那兩個魔法陣卻呈現出明顯是隨機魔法陣的特徵。

「魯迪，你看得出來嗎？」

聽到洛琪希的提問，我搖了搖頭。

「不，我完全不懂。換成七星的話也許能看出什麼端倪。」

「七星？那是誰？」

「在魔法大學裡有一個研究轉移……應該說是研究召喚魔術的傢伙。因為她對魔法陣也很了解，或許可以給出什麼意見。」

「那……那個人該不會是魯迪你的女友吧？」

「您說七星？怎麼可能嘛。」

我一邊笑著，同時想到如果換成七星、希露菲……或是克里夫，說不定會有什麼辦法。雖然不可能把七星和希露菲帶來，但是早知如此，或許該找克里夫一起來才對。要不要現在回去帶著他再過來？來回需要三個月，不過克里夫不習慣旅行，所以大概要花上四個月。

不，就算把他帶來這裡，也有可能只會得到他也不懂之類的回答。

「我在魔法大學裡姑且也研究過轉移，然而慚愧的是，我還是完全看不出頭緒。」

「你研究過轉移？」

「嗯。」

「原來如此，不愧是魯迪。沒有漫無頭緒地尋找，而是想要直接查明基本的原因，這不是隨隨便便就能辦到的事情。」

我覺得洛琪希好像誤會了什麼，自己充其量只是聽從了人神的建議。

而且動機不純，所以我不太想告訴洛琪希……還是瞞著她吧。

「…………我身為洛琪希老師的學生，那是理所當然的行動。」

「你奉承我也不會得到什麼好處。」

對魔法陣的查勘告一段落。

「怎麼樣，前輩，有沒有查出什麼？」

「不，毫無成果。」

基本上，我對轉移魔法陣的知識都來自這本書。既然這本書裡沒有寫出正確答案，顯然這是超出我知識範圍的問題。當然我有針對轉移進行更深入的調查，然而不懂的事情就是不懂。

自己只知道眼前的這三個魔法陣是「不同的東西」。

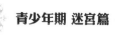

畢竟我看過很多七星的魔法陣。魔法陣這種東西只要細節不同，效果就會不同。因此我可以斷定眼前的這三個魔法陣全都是不同的東西。

「如果書上內容沒錯，就代表這兩個之中有一個是正確答案。」

「……簡而言之，就是前輩也不知道答案嗎？」

「沒錯。」

我們回到房間入口，和休息中的保羅等人一起坐下來圍成圓圈。

然後盡可能正確地把調查結果告訴他們。

「嘖，二選一……」

「……居然是二選一啊。」

「二選一嗎，真是……」

保羅、艾莉娜麗潔和塔爾韓德都面有難色。

「二選一真的不妙，還不如三選一會比較好。」

基斯仰望著天花板嘀咕了一句，聽起來很像某個戴著奇怪帽子的黑幫成員會主張的理論。

（註：影射《JoJo的奇妙冒險 第六部 黃金之風》裡的葛德．米斯達）

他們是不是對二選一有什麼不好的回憶？看起來想必是有。

「這也是某種忌諱嗎？」

「沒錯，是忌諱。二選一只能讓基列奴來選，否則絕對會失敗。」

聽到這句話，保羅他們也紛紛點頭附和。

基列奴……真是讓人懷念的名字。也對，身為獸族的她確實有可能擁有那種嗅覺。

「基列奴啊……要是這種時候有她在就好了。」

「明明她只有這種時候能派上用場……」

「戰鬥中老是不聽指示隨便橫衝直撞，而且還聽不懂人話。讀寫計算都一竅不通，叫她不要胡說八道就馬上翻臉。卻只有二選一的時候會準得不可思議。」

講得有夠難聽，我都快同情起基列奴了。

基本上她也是我尊敬的師傅之一，希望其他人能適可而止。

「請各位饒過基列奴吧，而且她現在已經學會讀寫計算了。」

基列奴也很努力。雖然光是進位就讓她遭遇挫折，但基列奴還是拚命學習，最後連除法都記住了。

「哼，之前有聽保羅提過，不過我可不會上當。那隻笨狗不可能達到一般人的水準。」

「我也有聽說過，但老實說，我還是無法相信。」

艾莉娜麗潔和塔爾韓德的疑心真重。算了，其實我也可以體會他們的感覺，畢竟基列奴真的相當誇張。

話說回來，感覺有點奇妙。保羅的前隊友幾乎全部到齊，只有基列奴沒來。明明基列奴雖然是那樣，卻是唯一能和保羅聯絡上的成員。

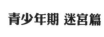

在眾人當中唯一知道布耶納村的人物現在卻不在場。嗯，真的很奇妙。

「那種事情不重要，接下來我們該怎麼辦？」

基斯的發言把討論拉回正題。魔法陣有兩個，到底該選擇哪一個？

「魯迪，連你也沒辦法判斷嗎？」

聽到保羅的提問，我搖了搖頭。

「嗯。雖然我在學校裡有預先調查過，還是看不出來，實在非常抱歉。」

「是嗎……」

保羅雙手環胸，閉上眼睛開始思考。不到一分鐘之後，他抬起頭開了口：

「要不，我們就少數服從多數吧。從這邊看過去，覺得該選右邊魔法陣的人舉起右手，覺得該選左邊的人就舉左手。」

聽到保羅的提議，大家各自舉手。保羅、艾莉娜麗潔和洛琪希是右手，我、基斯，塔爾韓德是左手。結果是三比三。

「嘖，這樣無法決定啊。」

「那個……父親，我覺得再怎麼說，用投票決定好像都不太妥當。」

「就算你這麼說也沒其他辦法啊。不然，有沒有哪個人要提案？」

這時，艾莉娜麗潔舉起手來。

「派出兩個人，同時分別進入兩個魔法陣，這樣如何？」

「妳意思是要犧牲其中一人嗎？」

「如果是保羅或我，只要先點起香，就算陷入暴食惡魔群裡應該也有辦法突破困境。」

派出兩個人分別進入兩個魔法陣，選到正確答案的人立刻折返。然後，只要我們馬上動身搜索踩進錯誤魔法陣的人，確實有機會避免嚴重後果。

「此案駁回。」

「哎呀，魯迪烏斯，我可以問一下理由嗎？」

「首先，沒有人能保證那兩個魔法陣中有一個是正確答案。」

畢竟外表看起來是隨機轉移魔法陣。所以，說不定連那兩個魔法陣也是陷阱。

換句話說，其實三個魔法陣都是陷阱，正確答案在其他地方。

當然，這種可能性很低。因為書上的記錄基本上是先找到所有房間後，才會前往下一層。

如果作者真的可信，此處就是終點了。

然而不管是魔法陣的配置還是外型，總透出一種刻意的感覺。

對了，我總覺得自己漏掉了什麼。

單純靠運氣的二選一有可能是合理的陷阱嗎？既然準備了假的雙方向魔法陣，只要再有一個真的轉移魔法陣不就夠了嗎？如果要作為謎題，三個魔法陣難道不是畫蛇添足嗎？我是不是漏掉了什麼線索？不，這又不是脫逃遊戲，迷宮並沒有義務幫侵入者準備提示。

「那麼魯迪烏斯，你有什麼提案嗎？」

「沒有。不過，能不能請大家晚一點再做出結論？」

總之，我一直覺得有什麼事情不太對勁，也覺得自己好像忘了什麼。

在自己想起來之前，以單純的二選一來決定要進入哪個魔法陣恐怕會有危險。而且，在兩人踏進魔法陣的那瞬間，有可能房間裡的所有人會全數遭到隨機轉移。在轉移迷宮中，必須利用轉移才能四處移動。所以，或許還有那種只能透過隨機轉移才能到達的房間。

「我想再調查一下。」

聽到我的請求之後……

「好，魯迪，就交給你了。」

保羅搶在所有人之前率先點頭回應。

我來到魔法陣前方坐下，動腦思考。

總之，從「三個魔法陣都是誘餌」的論點開始推敲吧。

於是，我腦中浮現出三種假設。

一、這個房間不是終點。

根據書上所寫，轉移迷宮有個規則，也就是「主要路線由雙方向魔法陣來構成」的規則。

按照這一點，終點應該是這裡沒錯。

但是，洛琪希誤入陷阱後徘徊的地方，是無法使用雙方向魔法陣出入的區域。那區域裡有三十個以上的單方向魔法陣，必須使用那些魔法陣回來才行。這就代表使用單方向魔法陣後，有可能到達真正的終點。

不過我認為這種可能性並不高。

二、當初有其他成員在進入魔法陣前誤踩到陷阱，只是作者沒有注意到。

作者以為自己踏入了雙方向的魔法陣，實際上並非如此。有其他成員在他踩上去之前踏中隨機轉移陷阱，導致房間裡的所有人都被轉移到其他地方。因此，其實這個有標記的雙方向魔法陣是正確答案……這也不可能。如果這裡真有那種陷阱，基斯應該會發現。

三、其實這個雙方向魔法陣是雙層構造。

魔法陣有著各式各樣的形態，說不定也有甜甜圈形的魔法陣。所以會不會是用那種形狀的陷阱魔法陣圍在正確的魔法陣外面呢？

換句話說，我們只要避開外側直接跳往中心，就可以到達下一層。

……有夠白痴，又不是在玩腦筋急轉彎。

比較有可能的假設果然還是一嗎？

這本書的作者基本上只使用了雙方向的魔法陣。他們在第一層發現魔法陣有三種之後，無論是到了第三層還是第四層，都不曾使用過單方向與隨機轉移魔法陣。光是那樣做，他們就成功到達此處。然而，說不定從這裡開始，不光是雙方向，必須連單方向也用上才能前進。

……不過如果真是那樣，或許在迷宮途中也有必要那樣做。

現在這個地方可能只是一條死巷，分歧點其實存在於更前面的地方。例如必須在第四層使用單方向魔法陣前進，最後才能到達真正的終點。

可惡，越想越混亂。

況且基本上，所謂的第幾階層，充其量也只是根據出現的魔物和周圍的變化來劃分，是作者擅自決定的事情。因此書中獨創的規則說不定是完全無關的偶然。

果然還是逐一確認比較好吧。從第六層開始按照順序踏上單方向魔法陣，打倒到達地點的魔物，再找出其他路線。感覺這樣做才是正確答案。

可是，仔細觀察這房間的氣氛吧。隊伍中的每個老手都覺得我們差不多要碰上頭目了，果然這裡是個特別的地方。

我想，這個房間就是終點沒錯。不，或許這也是迷宮的陷阱。唔……

「再猜下去根本沒完沒了。」

我一邊自言自語一邊起身，想去上個廁所。

「父親。」

「怎麼了？」

「我去摘個花。」

「要去小便嗎？我也去。」

「居然在女性面前講這麼白，實在很沒品……」

「在這種地方裝模作樣有什麼用啊。」

不，可是有洛琪希在嘛，自己不能有任何失敗。

但是也對，只不過是上個廁所，大概也不會讓她覺得我怎樣啦。

我和保羅結伴離開這裡，來到留有暴食惡魔屍體和惡魔卵殘骸的房間。我們決定輪流警戒，依序解決生理需求。

「遇上難關了呢。」

我正在撒水時，保羅主動搭話。

「嗯，我還推論出那個房間不是這層終點的假設。可能實際上還有別的路線，必須走那邊才能到達頭目那裡。」

「不可能，終點一定就是剛剛那個房間沒錯。」

「有什麼根據？」

「沒有。」

沒有根據，意思是直覺嗎？但是，不能隨便小看老手的直覺。

因為那種直覺看似毫無根據，其實卻是老手下意識依據經驗推測出來的答案。

「算了，不需要著急。我們會等你，有問題或想商量也都會回應。你可別自己一個人硬找出答案。」

「是。」

我收好東西，和保羅換班。負責看著周圍警戒。

「啊……還有，魯迪。我有一件事想說。」

「什麼事？」

「……啊，不，不必現在說，等回到旅社之後再說吧。」

「到底有什麼事呢？請不要這樣好嗎？在這種地方欲言又止會讓人感到不安吧，而且這種行為就是所謂的豎起死亡 flag。」

「你在說什麼啊……但是現在說出來會影響隊伍的士氣。」

聽到背後傳來的話，我不解地歪了歪腦袋。會影響士氣的事？到底是什麼呢？對塞妮絲的悲觀想法嗎？還是會讓氣氛變差的言論？

「是說教之類嗎？」

「差不多類似。」

「好吧，要是心情低落導致反應變差可就糟了，我之後再讓您罵個夠吧。」

「不，沒那麼嚴重。我只是想教導你一個所謂的心態。」

等回到旅社以後嗎？

希望到時候，我們已經救出塞妮絲了。

「……真希望母親平安無事。」

「…………是啊。」

我喃喃說出的這句話讓氣氛變得無比沉重，不妙。

但是找成這樣還是沒有找到，我想保羅多少也抱著或許已經無望的想法吧。

只是，這種事還是別說出口比較好。

「……」

我聽著保羅漫長的小便聲，觀察周遭。這裡有一個大房間，還有原本滿是惡魔卵的三個小房間。再來是最裡面的魔法陣房間，這些房間全部相鄰。

「……？」

這時，我覺得有什麼閃過腦中。

「這個房間……其實很深呢。」

「嗯？是啊，那又怎麼了？」

這個房間的深度很深。因為幅度很寬再加上屍體很多，會讓人覺得看起來是正方形，然而仔細觀察就會發現深度大於寬度，換句話說，這是長方形。

而且較長的兩邊各有兩個房間，儘管大小都不同……

不過，自己在哪裡看過這個格局，而且是最近才剛看過。然後，還少了什麼。

「……啊。」

我想通了。

對了，這裡和「轉移魔法陣的遺跡」很像。

「好，回去吧……喂，魯迪，你怎麼了？」

我丟下感到不解的保羅，快步回到隊友那裡，對著躺在地上呈現臥佛姿勢的基斯搭話。

「基斯先生，請你幫忙一下。」

「嗯？你發現什麼了嗎？」

「反正你先過來這邊。」

我拉著基斯來到房間中央。

「請你找找看這一帶有沒有隱藏樓梯。」

「啥……？不，確實有可能。我至今只有注意轉移陷阱，不過這裡感覺也會有隱藏房間之類的地方。」

基斯自顧自地得出結論後，整個人趴在地上開始檢查地面。接著，他立刻露出驚訝表情，把耳朵貼到地上。而且還拔出短劍，用劍柄敲了幾下。

「喂……找到了……真的有！前輩，這下面是空洞。」

「能打開嗎？」

「你等等。」

基斯在地面上摸來摸去，又走到牆邊摸了一陣，最後回到這裡。

「不行啊，打不開。我看這大概是必須撬開的類型。」

「破壞也沒問題嗎？」

「嗯……沒有陷阱。好，前輩，動手吧！就是這裡。」

基斯一邊說，一邊在地上刻了個×記號。我瞄準那裡擊出岩砲彈。伴隨著撞擊聲，岩砲彈粉碎，地面也凹了下去。力道太輕嗎？

「要再強一點，你辦得到吧？」

「嗯。」

我提高威力，再使出一擊。這次發出響亮的聲音，地面開了一個洞。

「好，接下來交給我吧。」

基斯隨即趴在地上，搬開周圍的瓦礫。看來只要能開出一個洞，接下來似乎很簡單。洞口很快就越來越大，變成一個正方形的出入口。

裡面有一道通往下方的樓梯。

「好厲害，不愧是前輩，居然能察覺這個。」

「沒什麼，因為我之前見過一次。」

轉移魔法陣的遺跡。那裡有通路和三個裡面什麼都沒有的房間，以及一個有樓梯的房間。

不過，原本或許是四個看起來空無一物的房間吧。

通往轉移魔法陣的樓梯，是不是和這個一樣被藏起來了呢？

我猜在那個遺跡還有人使用的時期，大概每個房間裡都放有家具，讓人乍看之下不會發現其實有隱藏樓梯吧。

後來可能是漫長歲月導致劣化，或者是有哪個人破壞了什麼，才會變成那種狀態。

「好，大家，前輩找到隱藏樓梯了！」

聽到基斯的叫喊，其他成員都站了起來。他們來到這邊，觀察洞口的樓梯。

然後紛紛發出感嘆。

「……嘎哈哈哈，你真行啊！」

「好痛！」

塔爾韓德邊大笑邊用力拍了一下我的後背。

「不愧是我的兒子，果然行！」

「好痛！」

保羅也拍了一下。

「原來如此……話說起來，這裡確實和轉移魔法陣的遺跡很像呢，有你的！」

「痛！」

連艾莉娜麗潔也來了一下。

「大家冷靜一點，說不定有陷阱。前輩，給我三張卷軸吧！謝了！」

基斯嘴上這樣說，手下也沒放過我的背。

「……」

我回頭一看，洛琪希正舉起她那特別小的手掌。彼此視線相對後，她先抬著眼看我，才以輕拍般的速度碰了一下我的背。

「辛苦你了，很好。」

洛琪希低聲說了這一句，表情似乎帶著點不甘心。

是弟子的活躍表現讓她感到不快嗎？

其實我的功勞就等於洛琪希的功勞，她根本不需要介意。

好，如果有機會宣傳這次的經歷，就吹噓說實際上自己是從洛琪希身上獲得提示吧。

「好，我先下去了，你們也要提高警覺。」

「是！」

所有人都點頭回應基斯的發言。

走完樓梯後，出現了一個轉移魔法陣……雙方向的轉移魔法陣。

然而，魔法陣的顏色卻如血般鮮紅。

# 第八話「轉移迷宮的守護者」

至今看過的轉移魔法陣都是散發出藍白色的光芒，眼前的魔法陣卻是紅色。
紅色是代表危險的顏色，也有「Red zone」這種說法。
「就在這前面。」
保羅喃喃開口，這肯定是基於直覺的判斷。
不知道是指塞妮絲，還是指守護者……
然而很不可思議的是，我也可以確定這個魔法陣前往的地方就是迷宮的最深處。
「怎麼辦，保羅？目前還有餘裕，不過暫時撤退也是一種選擇。」
第六層輕鬆過關。多虧塔爾弗洛樹的樹根，暴食惡魔跟小嘍囉沒兩樣。我們並不需要特別動用到什麼物資，說是完全沒有損耗也沒問題。而且在先前那個房間裡也已經充分休息過了。
「……不，繼續前進吧，但是要先檢查一下裝備。」
「了解。」
聽到保羅的判斷，所有人都原地坐下，脫掉裝備開始檢查。
「魯迪你也要好好檢查。」
在洛琪希的催促下，我也坐了下來，拿出袋子裡的物品，排在地上確認數量。話雖如此，我其實沒什麼行李，頂多只有幾個精靈卷軸。

「魯迪，你要不要拿走幾個我這邊的卷軸？」

為了對應緊急狀況，洛琪希隨身藏著幾個卷軸，都是上級魔術的卷軸。

她縮短了詠唱咒語，能以相當快的替換率來接連使出好幾個魔術。然而，上級魔術還是需要比較長的詠唱。如此一來，總是會碰上無論如何都來不及的情況。所以這些卷軸就是那種時候的隱藏殺招。

「也對，請給我幾個治癒魔術的卷軸。」

「好。」

我能夠以無詠唱方式使出魔術，不需要上級魔術的卷軸。

但是，治癒魔術另當別論。為了以防萬一，還是收下這些卷軸吧。所謂的萬一，就是指喉嚨和肺部受傷的時候。我從洛琪希那邊取得中級治癒魔術的卷軸，摺好並收進長袍的口袋裡。

要是沒有用到，等結束之後再還給她。

是說，我很想帶一個回去，讓七星或克里夫複製一下。

不，我記得這類物品禁止擅自複製。不過只是個人使用的話，我想應該不會被抓到。

「雖然不知道會碰上什麼樣的守護者，但是我方的戰力相當充足。我會以全力支援，讓魯迪不需要用到那些卷軸。」

「麻煩您了。我這人就是比較膽小，遇上危機時還請您多多幫忙。」

「嗯，背後就交給我吧。」

洛琪希說完，用了拍了拍小小的胸口。實在可靠。

「魯迪烏斯、洛琪希。」

這時，艾莉娜麗潔把什麼東西丟了過來。我接下來一看，原來是類似彈珠的圓形石頭……艾莉娜麗潔持有的魔力結晶。

「魔力耗盡的時候就拿來用吧。」

「可以嗎？」

「我只是借給你們而已。如果沒有用到，回去後要記得還我。」

「啊，是……知道了。」

在探索迷宮的過程中，有可能會耗盡魔力。一般來說，這種狀況下會選擇撤退，因此必須事先把後方空間裡的敵人全部殲滅。然後逃離迷宮，等魔力恢復後再重新挑戰。

但是，聽說和守護者戰鬥時，有時候卻無法逃跑。會被困在類似鬥技場的場所裡，打倒敵人前都無法出去……就是這樣的情形。

眼前的紅色魔法陣看起來是雙方向魔法陣，實際上卻有可能是單方向。

如此一來，我們確實需要恢復魔力的手段。

「好，所有人都準備好了嗎？」

聽到保羅的提問，我站起身子。看了看四周，每個人的表情都很認真嚴肅。我也要鼓起幹勁。

「魯迪。」

「有什麼事呢？」

「我知道在這種時候說這種話不太好……」

啊，這是是死亡 flag。

「那就請您別說。」

「啊……噢……」

保羅一臉消沉，士氣或許有點下降。

不，我不能讓他在決戰前提起什麼重要的事情，那種事等回去之後再說就好了。

「好，那麼我們走吧。」

大家彼此對望，然後同時踏上魔法陣。

通過魔法陣後，我們來到一個極為寬廣的空間。

那是一間和棒球場差不多大，看起來宛如宮殿的長方形大廳。角落裡豎立著好幾根粗柱子，天花板高到需要把頭整個往上仰才能看清。地上鋪著類似磁磚的東西，每一個都刻有圖案複雜的浮雕。如果要用一句話來形容，就是顯得很莊嚴肅穆吧。

「喔喔……！」

這間灰色宮殿的深處有一隻魔物。

一隻巨大的魔物，尺寸大約是赤龍的兩倍。即使站在遠處，也能看到翠綠色的鱗片熠熠生輝。體型矮壯，而且長著好幾顆頭。

「居然是九頭龍（Hydra），我第一次見到這種傢伙……」

聽到基斯的自言自語，我也想起這魔物的名字……九頭龍，長著九顆腦袋的巨龍。

「有了……！」

但是，我……還有保羅的目光都沒有放在牠身上。

在九頭龍後方，牠守護的房間最深處。

有一塊魔力結晶，大到誇張的綠色魔力結晶。高度約有兩公尺，形狀類似水晶柱。我從來沒看過那麼巨大的魔力結晶。巨大至此，和艾莉娜麗潔那種彈珠大小的魔力結晶簡直像是不同的東西。

然而，這也不重要，尺寸根本無關緊要。

最重要的是，魔力結晶裡面……

是她，那個人被關在魔力結晶之中。

「塞妮絲！」

保羅開口大叫。

同時，我腦中也浮現出疑問。為什麼塞妮絲會變成那樣？為什麼她被關在石頭裡？在我把這些疑問說出口之前，保羅已經雙手拿劍衝了上去。

九頭龍慢慢地抬起頭。

「笨蛋！你別衝動啊！」

我聽到基斯的叫聲。

「……嘖！」

艾莉娜麗潔狠狠咂嘴，追著保羅往前急奔。

接下來，塔爾韓德也立刻跟上。但是艾莉娜麗潔卻追不上先衝出去的保羅。

「我來支援！」

洛琪希大聲喊叫。我到這時才總算回神，舉杖指向九頭龍。目前的首要之務是打倒敵人。要一招解決對方。我開始醞釀連魔王都可以一擊打飛的岩砲彈。

「寂靜冰人之拳，『冰擊（Ice Smash）』！」

洛琪希詠唱中級魔術，搶先攻擊。冷氣凝結成塊狀，以驚人速度越過保羅，飛向九頭龍。

嘰————！

然而在命中之前，卻響起像是玻璃被刮的刺耳聲音。

「什麼！」

洛琪希瞪大眼睛驚叫一聲。九頭龍毫髮無傷，是不是對冰的抗性很高？這種想法閃過腦海，但是保羅已經逼近九頭龍。

「『岩砲彈』！」

我放出已經蓄滿力量的岩砲彈，被研磨銳利的子彈發出尖銳聲響飛了出去，從還差幾步就要到達九頭龍面前的保羅頭上通過，命中九頭龍。

嘰——！這時，又傳出那種討厭的聲音。

「被彈開了？」

九頭龍並沒有閃避，應該打中了才對。而且是直接命中。

然而，九頭龍卻自若地屹立著，彷彿什麼事都不曾發生，依舊毫髮無傷。

「喝啊啊啊啊啊啊！」

保羅充滿氣魄的叫喊聲甚至連這邊都可以聽到。九頭龍的脖子像蛇般扭動，迎戰保羅。保羅用最小限度的動作閃躲開來。

下一瞬間，九頭龍的腦袋飛向半空。

保羅揮動右手的劍一砍到底，真是驚人的劍速。

接下來，保羅的身影晃了一下，這是因為他的速度快到即使用了預知眼也無法完全捕捉。

九頭龍的另一個腦袋噴出血花。

這次是左手的劍一砍到底。不過因為長度不夠，沒有直接砍斷。保羅旋轉身體，利用離心力再度揮出右手的劍。

原本還掛在脖子上的那顆頭也掉了下來。

「嘰呀啊啊啊啊啊！」

轉瞬之間，九頭龍已經失去兩顆頭。

然而這傢伙的腦袋不只這些。牠接連扭動其他頭部，從四面八方包圍保羅。保羅往後跳試圖拉開距離，然而或許是步幅問題，他無法逃出九頭龍的攻擊範圍。

「保羅！」

這時，艾莉娜麗潔總算趕到。她舉著盾牌，把手中的劍往前刺。下一瞬間，劍尖發出肉眼無法辨識的衝擊波。

嘰——！

又是那種聲音。九頭龍繼續追擊保羅，彷彿根本不曾受到衝擊波攻擊。

「潺潺的濁流啊！『水流（Flood Flash）』！」

在洛琪希詠唱咒語的同時，保羅面前冒出一團水。那團水把保羅沖走，讓他逃出九頭龍的攻擊範圍。看到保羅在地上翻滾，艾莉娜麗潔隨即介入掩護。來到他們中間的塔爾韓德也停下腳步，開始詠唱魔術。

雖然不是正常的隊形，但還是形成前衛、中衛、後衛的布陣。

不過，接下來該怎麼辦？

保羅的攻擊有效。可是我的岩砲彈被彈開了，洛琪希的魔術也是。接下來該用火嗎，還是風？不管是哪種，都有可能波及保羅他們。到底該怎麼辦？

「『土落彈（Earth Pillar）』！」

塔爾韓德完成詠唱，是土魔術。

九頭龍的上方出現岩石，然後砸向牠的頭頂。

嘰———！

又是同樣的聲音。岩石在即將砸中九頭龍之前碎裂成沙子，消逝無蹤。

是那個聲音，只要出現那個尖銳的聲響，魔術就會失效。

「魔術對這傢伙沒有用嗎！」

怎麼辦，該繼續戰鬥嗎？還是該暫時撤退？我該做什麼才對？

這時，旁邊的洛琪希發出焦急的叫喊：

「魯迪，你看那個！傷口治好了！」

仔細一看，被保羅砍掉腦袋的兩個切口之一開始隆起伸長，冒出肉來形成頭部。另一邊也隨後出現同樣變化，逐漸復原。

這傢伙再生了。

光是把牠的腦袋砍斷，無法給予有效的傷害。

「撤退吧！」

洛琪希的叫聲並沒有傳進保羅耳裡。

他發出氣勢萬千的叫聲，一股腦地揮劍砍向九頭龍。必須支援那種亂來戰法的艾莉娜麗潔會有危險。

「基斯！」

塔爾韓德大喊。基斯正在往前跑，他從塔爾韓德旁邊經過，移動到保羅後方，然後把手裡握著的某個東西丟向九頭龍。

響起有什麼破裂的聲音。

於是，以九頭龍為中心，開始有一股煙霧冉冉上升。原來是煙霧彈。

「——！」

嘴裡喊著什麼的基斯從後方架住保羅的雙臂。

但是，基斯無法壓制住保羅。沒過多久，就看到他即將被甩開——

下一瞬間，艾莉娜麗潔舉起盾牌猛擊保羅的臉。

「——！」

基斯鬆開手，不知道又說了什麼，保羅終於朝著這邊跑來。

「魯迪烏斯！」

聽到艾莉娜麗潔的叫喊，我展開行動。把魔力盡可能集中到手上，在九頭龍和保羅之間製造出濃霧。一整片白茫茫的煙霧是一種障眼法。

可以聽到九頭龍踩著重重腳步逐漸逼近。話雖如此，牠的速度果然沒有那麼快。保羅他們已經回到這邊。

「魯迪，要撤退了。你先進入魔法陣吧。」

「是！老師！」

我先一步跳上魔法陣。

★★★

所有人都平安從魔法陣中現身。洛琪希、塔爾韓德、基斯，還有大口喘氣的保羅。最後一個人是受了傷的艾莉娜麗潔。

艾莉娜麗潔的肩膀正在滴滴答答地流血。

「妳還好嗎？」

「擦傷而已。」

她的肩膀被削掉一大塊。

但是我明明沒看到艾莉娜麗潔遭受攻擊。

「是被那傢伙的鱗片削到。」

看樣子那個九頭龍的外皮好像跟鯊魚的皮膚一樣，布滿許多突起的盾鱗。

不過，這種傷還屬於用初級治癒魔術就能完全治好不留痕跡的範圍。

如果是生前的世界，大概得縫上幾十針吧。這個世界真是方便。

「謝謝。」

好啦，接下來的問題是該如何處置造成這個傷的禍首。

保羅動也不動地坐在魔法陣前面。

連眼神也整個發直，全身都迸發出殺氣。

「父親。」

「……那是塞妮絲，絕對沒錯。」

保羅如此說道，他根本沒把艾莉娜麗潔受傷的事看在眼裡。

不，畢竟艾莉娜麗潔是坦，可以說受傷就是她的工作。但是……

「請您稍微冷靜一點。」

「噢……抱歉，我現在平靜下來了。」

保羅的聲音很低沉。雖然平靜下來了，但似乎並不冷靜。我腦裡浮現出「暴風雨前的寧靜」這句話。

這也無可厚非，畢竟那確實是塞妮絲。

就連我都可以隔著那麼遠的距離看出那是塞妮絲，保羅更不可能看錯。

那個魔力結晶裡面的人確實是塞妮絲沒錯。她居然被關在石頭裡……為什麼會變成那樣？

不，理由不是重點。有很多可能的原因，例如轉移時被傳送到石頭裡面之類。轉移到石頭裡似乎是極為罕見的狀況，不過反過來說，罕見就代表還是有發生過。

然而按照基斯提供的情報，塞妮絲不是和其他冒險者一起行動嗎？

不，他使用的說詞是「塞妮絲被留在迷宮裡」。嗯？難道基斯知道這個狀況嗎……？不，怎麼可能。

針對一點語病吹毛求疵也沒有意義，等到一切都結束之後再好好追問他也不遲。

而且，這不是問題的重點。

「……母親她那樣……還活著嗎？」

「你說啥！」

我才剛說完，保羅立刻猛然站起，抓住我的領口。

「是不是還活著根本沒關係吧！」

「您說得對。」

沒錯，是我失言了。

塞妮絲的生存機率原本就很低，我甚至覺得有可能連屍體都找不到。所以我認為……至少要找回一個遺物。因為只要有找到遺物，就算她真的死了，起碼還可以悼念一番。但是，既然塞妮絲現在像那樣保持著能夠明確看出是她的外型，或許可以說是比預想好很多的結果。

「你們別吵了！」

基斯出聲制止，保羅卻把臉貼近，像是在恐嚇我。

「魯迪，塞妮絲就在那裡。你的母親就在眼前，為什麼你還可以這麼冷靜？」

「慌張一點會比較好嗎？驚慌失措可以解決什麼問題嗎？」

「我不是那意思！」

我知道保羅想表達什麼。沒錯，現在的我可能過於冷靜。這大概不是身為人子者在找到失蹤六年的母親時該表現出來的態度。

……但是呢，我從小和塞妮絲就沒有什麼交流。

認定她是母親的意識也很淡薄，或許反而是「住在一起的外人」這種印象比較強烈。畢竟自從我七歲那年彼此分離，到現在已經將近十年沒見面了。

就算態度顯得薄情，倒也無可厚非。

「總之，來確認一下現狀吧。」

「你說啥！」

我無視保羅的怒吼，淡淡地分析先前的狀況。

「魔術對那個守護者無效。牠的再生能力驚人，攻擊力也高到只是身體接觸到就可以突破艾莉娜麗潔小姐的防禦。還有，母親被封在石頭裡，講白一點，根本無法判斷是否還活著。」

「那種事情我也很清楚！我的重點是你找到自己母親時擺出這種態度是對的嗎！」

保羅再度怒吼，這時基斯介入我們之間。

「我說你們別吵了！要父子吵架的話，等回到旅社以後再吵！」

他強行把我們分開。

「可惡！講一堆鬼話！」

保羅咒罵一聲，重重坐到地上。

其實不需要我特地提醒，保羅也很清楚現在的狀況。他只是看我的態度不順眼而已，連我自己也覺得過於冷漠，不過，實在也沒辦法。要不然他是想要我怎麼樣？

「好了！吵架到此為止，大家來討論吧！」

艾莉娜麗潔拍了拍手。

我和保羅都慢慢吞吞地移動，和其他人面對面圍成一圈。洛琪希以有點不知所措的表情來回看著我和保羅，好像讓她擔心了。

「沒事的。」

「是嗎……？」

我和保羅不是第一次鬧得這麼僵。等這件事結束，大家回到旅社之後，保羅就會恢復冷靜吧。我這邊也一樣，等塞妮絲得救，自己親耳聽到她的聲音後，想必會有什麼感覺。

對，一定是那樣沒錯。現在只是步調有點被打亂了而已。

「嗯哼！那個……關於塞妮絲小姐結晶化這件事，我想應該有辦法解決。」

洛琪希的聲調聽起來比平常更開朗一些。

「真的嗎？」

保羅滿臉喜悅表情。

「是的，我聽說過強力的魔力附加品有時候會像那樣被封在魔力結晶裡，但是打倒守護者後，結晶化就會解除，也能取出內部的物品。」

我沒聽說過這種情報。

不過，洛琪希當然不會說謊。

「我也聽說過那種事。」

這時，艾莉娜麗潔開口附和。

「而且我知道有一個人曾發生過和塞妮絲類似的遭遇，現在也還活著。」

「……」

這是謊話吧，畢竟艾莉娜麗潔在這種時候經常面不改色地說謊。不過她也是為了改善現場的氣氛，所以我不會責怪她……

但是就算有過前例，也不保證那個人物真的「平安無事」。

當然，這件事沒有必要說出口。因為大家都心知肚明。

「問題是那個守護者……老實說，那是第一次碰到的種類。」

艾莉娜麗潔率先轉換話題，基斯也跟著接話。

「是啊，雖然看得出來是九頭龍，不過我從來沒聽說過綠色鱗片的九頭龍。」

「……而且還可以再生。」

塔爾韓德雙臂抱胸，表情極為嚴肅。

所謂的九頭龍是龍種的魔物之一。這種龍擁有複數的頭部，不會形成族群，但是若以單一個體而言，卻具備了最強水準的力量。我記得牠們棲息於魔大陸某處，光是目前已經確認的種類就有三種，是基於鱗片的顏色來區分為白色、灰色、金色。

綠色鱗片的九頭龍並不存在。

「我想，那恐怕是魔石多頭龍（Manatite Hydra）。」

說出這句話的人是洛琪希。

「我在書上看過，魔石多頭龍的全身覆蓋著能吸收魔力的魔石之鱗，可說是惡魔之龍。書上還有寫到這種魔物曾在第二次人魔大戰時被目擊過，之後就隨著大陸消滅而一併絕滅。我原本認為那只是空想……沒想到居然實際存在。」

能吸收魔力……意思是魔術全都對牠沒效嗎？

「這也就是說，我們無法對那傢伙造成傷害嗎？」

「如果書中內容為真，零距離直接打在牠身上應該會有用。」

「零距離……」

那傢伙的身體那麼巨大，而且只是接觸到表皮就會造成像是被磨泥器刮過的傷口。必須直接接觸身體再使用魔術嗎？總覺得手指可能會全都被削斷。

「但是就算造成傷害，那傢伙也會再生。該怎麼對付……」

「再生是個麻煩呢。」

「……問題是無法打倒牠的話根本一切免談。」
九頭龍能夠再生。不知為何我在內心並不感到驚訝，甚至覺得九頭龍會再生是一種常識。
「就算整個切斷也能夠瞬間再生，該怎麼做才能打倒那種傢伙呢……」
洛琪希也和其他人一起抱頭煩惱。然而，我還是不覺得這件事有那麼棘手，明明自己過去也不曾碰過會再生的魔物……為什麼呢？
因為有生前的知識。
「我姑且有個方案。」
舉手發言後，所有人的視線都集中到我身上。
「我聽說過只要用火燒，九頭龍的頭部就不會再生。」
我說明了希臘神話英雄赫拉克勒斯的故事。赫拉克勒斯曾經和九頭龍交手。根據故事，只要在切斷頭部後拿火把燒灼切口就可以阻止再生。
老實說，那充其量只是神話，可信度很低。然而，其他人的反應卻很良好。
「原來如此，要燒灼傷口嗎？」
「雖然沒帶火把，但是傷口沒有鱗片，不必擔心魔術會被彈開。」
「聽起來值得一試。」
我不知道這個世界裡的九頭龍和生前神話裡的九頭龍有多少共通點。生前神話裡的九頭龍擁有不死身的頭部，這裡的九頭龍說不定只要把腦袋全部燒掉就會直接完蛋。

我不想過於樂觀，不過既然是生物，想必遲早會死。

「好，用這種戰法試試看吧。」

基斯的發言讓方針定了案。

自己的提案並不保證會成功，然而現在根本沒有任何事情能有十足十的把握。

老實說，我覺得暫時撤回城鎮裡會比較好。雖說我們幾乎沒有損耗，但是敵人很強大。或許該特別針對頭目戰進行準備，例如專門為了九頭龍戰而僱用其他人也是一種辦法。我不清楚能砍斷九頭龍腦袋的劍士有多少，不過城鎮裡有那麼多冒險者，起碼能找到一個人吧。

「……」

可是，保羅肯定不會接受。

看他那個態度，如果決定先暫時撤退，他很有可能會主張只有他自己一個人也要去挑戰九頭龍。

而且就算回去了，我也不認為能幸運找到對付那隻九頭龍的道具和傭兵。

我們現在找出對策，也湊齊能實行的人員。那麼，目前就是應該要繼續前進的場面。

「喂，保羅，這樣可以吧？」

「……嗯。」

「這回答真沒幹勁。你有沒有搞清楚狀況啊？能砍斷那傢伙腦袋的人只有你耶。」

艾莉娜麗潔和塔爾韓德大概也可以砍傷鱗片。

但是，他們無法直接一刀兩斷。由保羅砍下腦袋，能使用無詠唱的我隨即使出魔術燒灼傷口，這樣的分工不可或缺。

根據實際情況，或許我也必須相當靠近九頭龍。因為就算只想針對傷口攻擊，魔術也很有可能會因為周圍的鱗片而失效。

如果真的必須那樣做，就要麻煩其他三人成為誘餌，引開對我的攻擊。一旦誘餌受傷，則由洛琪希負責治療。唯一的對策就是如此分工合作。

當然，自己還是會受到攻擊，會處於相當危險的立場。

「呼……」

保羅在這時呼了口氣，看了周圍一圈。

「艾莉娜麗潔、塔爾韓德、基斯，還有洛琪希。」

聽到自己的名字，所有人都把臉轉向保羅那邊。

「至今為止，都承蒙各位幫助。轉移事件發生後已經過了很長一段時間，這段時間內麻煩你們縱貫魔大陸，還前往北方大地找到魯迪，真的是盡心盡力到超乎我的想像。」

四個人都靜靜看著保羅的臉。

彷彿是在要求保羅快點繼續說下去。

「可是，這一切都到此為止。等塞妮絲得救……就算無法得救，我的家人也在此全數尋獲。

這次已經是最後了，請把力量借給我。」

聽到這句話，四個人都笑了一聲，各自點了點頭。

「這種畢恭畢敬的樣子還真不像你啊。不過我明白了，就全力以赴吧。」

「哼！哪有都來到這裡還不幫忙的笨蛋。」

「保羅你也圓滑了不少呢。算了，雖然我幫不上什麼忙，不過能做到的事情還是全都會去做。」

「戰勝吧。只要能打贏這場戰鬥，我們的旅程就有了回報。」

對於大家的反應，保羅的眼眶有點泛淚，還用力吸了吸鼻子。

然而他並沒有哭出來，而是轉向我。

「魯迪……」

他的眼神有點混濁，但是蘊藏著決意。

「你……實在是一個可靠的兒子。」

「這種客套話請留到擊敗九頭龍之後再說吧。」

「我不是客套，是真的那樣想。」

保羅說完，露出自嘲的笑容。

「我沒辦法像你那麼冷靜，也想不出好點子，是個滿腦子只想橫衝直撞的笨蛋。」

他咬著牙扭著嘴繼續說道：

「……還是個沒用的老爸，根本無法成為兒子的榜樣。」

保羅的語調充滿決心。

他的視線極為強烈，蘊藏著強大的力量，簡直能把我殺死。

這是決心，保羅的內心已經下定了決心。

「雖然那些事我都很清楚，但我還是要說。即使這不是身為父親的人該說的話，但是你聽好……」

「是。」

我正面承受他的視線。

其實，我也很清楚保羅打算說什麼。

「就算是死，也要救出你的母親。」

這個人竟然要求兒子「就算是死也要成功」。

的確，這不是身為父親的人該說的話。至少要換成「一起去救吧」之類的說法應該會比較好吧。

然而，我並不認為保羅是個冷酷的父親。

這是保羅本身的決心，也是對我的信賴。

正如那句話，保羅打算即使他自己會死也要救出塞妮絲。

而且，保羅把我視為對等，也寄予信賴。

把我當成一個已經自主獨立的個體。

所以他才會說出那種話。

既然如此，我當然只能回應他。

我們要救出塞妮絲。為了達到這個目的，我要和保羅團結一心。

「……是！」

我用力點頭後，保羅也點頭回應。

或許是自己多心，總覺得保羅的表情看起來有點高興。

「好，上吧！」

在保羅的號令下，所有人站起身來。

和九頭龍的再戰即將開始。

## 第九話「死門」

九頭龍在巨大的房間裡嚴陣以待。牠身後有一塊魔力結晶，被封在裡面的人果然是塞妮絲沒錯。

發現我們之後，九頭龍緩緩抬起身體。

「好，動手！」

保羅往前衝刺。他像獵犬那般壓低姿勢，速度宛如一陣疾風，彷彿要把一切都甩在身後。

然而，這次艾莉娜麗潔也跟在他後面。

接著是塔爾韓德。他的速度很慢，我們配合他的腳步前進。

基斯待在更後方待命。他沒有能參與戰鬥的能力，在這種時候派不上用場。

然而，他還是在場。因為假如我們全滅，他的任務就是逃離此地並把結果傳達出去。

「喝啊啊啊啊！」

保羅已經到達九頭龍前方。同時，九頭龍的三顆腦袋有了動作。

以那麼巨大的身體來說，牠的速度算是很快。每一顆頭都能敏捷行動，宛如野生的蛇。

然而，只見保羅的身影瞬間晃動了一下，其中一顆腦袋隨即被他砍斷。

好，就是現在。

「火球(Fire Ball)！」

我把全身魔力注入魔杖前端，把帶有熱量的火球擊向九頭龍。

——結果，還是不行。火球越靠近九頭龍就越小，在命中的同時消失無蹤。

只在耳邊留下像是玻璃被刮的刺耳聲響。

「果然只能近距離攻擊嗎……」

只有靠近攻擊，否則無法打倒敵人。唯一辦法就是貼近九頭龍使出火魔術，把傷口整個燒成焦炭。

「結果還是得按照預定行動呢。魯迪，你可以嗎？」

「沒問題，因為我這幾年並不是只有進行魔術師相關的訓練。」

嘴上雖然這麼說，我的心臟卻很跳得很快。

自己不擅長近身戰。關於近身戰的記憶都由敗北點綴，從保羅開始，然後是基列奴、艾莉絲、瑞傑路德。輸在這些人手下的歷史形成了今天的我。

當然，我也不是完全沒有贏過。莉妮亞、普露塞娜、路克，還有其他雖然是動用了預知眼，但還是取得勝利的對手。

不過，這些人能戰勝九頭龍嗎？

答案是否，我不認為他們能對付連保羅和艾莉娜麗潔這種高手都會陷入苦戰的敵人。換句話說，儘管自己曾經打贏那些人，也不代表可以勝過九頭龍。

然而這次我不是單打獨鬥，而是團體戰。

除了保羅和艾莉娜麗潔，還有洛琪希也在。塔爾韓德的實力是未知數，不過如果他和其他三人水準相當，當然能夠派上用場。

我全速前進，來到保羅後方。

「魯迪，千萬不要離開我的背後！」

眼前傳來保羅的聲音。我的左邊是艾莉娜麗潔，右邊是塔爾韓德，背後是洛琪希，完全是

帝〇十字陣。（註：帝國十字陣，出自電玩遊戲《Romancing SaGa 2》裡面的陣形）

「嘰呀啊啊啊啊啊！」

三顆頭同時發動攻擊。九頭龍不會同時動用四顆頭以上，是因為處理能力不夠嗎？還是單純因為動到太多顆會彼此妨礙？

雖然不清楚原因，不過這樣正好。

「喝！」

「哼！」

「看招！」

艾莉娜麗潔撥開一顆頭，塔爾韓德順勢化解另一顆……然後，保羅砍斷剩下那一個。

失去頭部的斷頸掉到地上不斷扭動。

「動手！」

「是！」

聽到保羅的指示後，我靠近扭動的斷頸，使出魔術。

照亮周圍的火魔術擊中九頭龍的斷頸，傷口發出滋滋聲響並被燒得焦黑。

「結果如何……？」

我往後跳開，同時觀察傷口。

現在還看不出效果。但是在確認之前，其他腦袋已經發動攻擊。保羅擋下一顆，艾莉娜麗潔用盾架開，眼角餘光卻看到塔爾韓德身上噴出鮮血。

「嗚！」

「神聖之力是香醇之糧──『Healing』！」

塔爾韓德受傷之後，洛琪希立刻邊詠唱邊跑過去，治好他的傷口。

所有人都忙著防止我遭到攻擊，因此只能由我自己確認。

「……」

九頭龍的斷頸……傷口怎麼樣了？碳化的斷面會再生嗎？結果到底如何？

「……好！」

沒有再生。那傢伙的傷口保持原狀，沒有像上次那樣長肉重生。

「有效！」

「很好！」

保羅一邊大叫一邊砍下另一顆頭。

我立刻動手焚燒。

溫度高得驚人，連我都可以感受到讓人呼吸困難的高溫，保羅的額頭也流下汗水。然而我必須使出這種水準的火力，否則無法燒燬斷面。一旦沒有烤透，九頭龍甚至有可能會再生。只要按照目前步調……

「……嗚！掩護我！」

預知眼捕捉到九頭龍的動作。

〔原本沒有動的兩顆頭瞄準我發動攻擊。〕

其中一邊可以避開，但是另一邊恐怕會鎖定我閃避後的位置。

「交給我處理！」

我閃過其中一顆頭後，艾莉娜麗潔跳了過來。她彈開一顆腦袋，用有點勉強的姿勢介入我和九頭龍之間，接著舉起盾牌擋在身前，在可怕的摩擦聲中保護我。

艾莉娜麗潔的鮮血噴到我的臉上。

「洛琪希！使用治癒！」

「神聖之力是香醇之糧──『Healing』！」

洛琪希立即治好艾莉娜麗潔的傷勢。接著，兩個人都若無其事地回到自己的位置。

「魯迪！我要對付第三顆頭了！」

「好！」

保羅大吼。同時，九頭龍的斷頸噴出血柱掉到我的面前。

我使出火魔術，自己的工作就只有負責燒焦。把斷頸燒焦，專心一意地動手。其他事情全交給別人處理，我只要集中於眼前的工作。保羅負責砍頭，我負責燒焦。艾莉娜麗潔和塔爾韓德會完美保護我，而洛琪希會保護他們。

我把第四根斷頸化為焦炭。

行得通。

當腦中浮現這種念頭的那瞬間，九頭龍的行動模式改變了。

變化來得很突然。

沒錯，九頭龍剩下的五顆頭突然全部都動了，同時襲擊塔爾韓德。

「嗚啊！」

「塔爾韓德！」

他閃過第一顆頭的攻擊。第二顆頭的攻擊無法完全躲開，因此他緊急往地上一滾。九頭龍的身體在這時從他身上掃過，看起來很沉重的鎧甲有一部分彈飛出去，喀啦喀啦地在地面上滾了幾圈。

第三顆頭，塔爾韓德以坐倒在地的姿勢，拿斧頭當盾牌擋下。

第四顆頭，已經無法防禦的他被九頭龍咬住腳。

塔爾韓德一瞬間就被吊在半空中。

「嗚喔喔喔！」

接著，第五顆頭瞄準無法動彈的塔爾韓德，準備咬穿他的身體——

「看劍！」

咚！腦袋發出聲響掉到地上。

塔爾韓德的腦袋……並沒有被悽慘咬斷。

掉下來的腦袋屬於九頭龍。保羅的斬擊砍斷了第四顆頭和第五顆頭。

「抱歉，得救了！」

「我來燒掉！」

「神聖之力是香醇之糧——『Healing』！」

塔爾韓德的聲音、我的聲音，還有洛琪希的聲音同時響起，但是我們各別做出不同行動。

我同時燒燬九頭龍的兩根斷頸。

剩下三顆頭。

「嗯？」

這時，九頭龍的行動又有一些變化。

牠彷彿是對我們感到害怕，搖搖晃晃地開始後退。

「行得通！我們要繼續強勢進逼！魯迪！」

保羅追了上去，但是我卻停下腳步。

等一下，那不是陷阱嗎？既然不確定敵人的企圖，似乎不應該太過衝動……因為腦中閃過這種預感，我不由得暫時停止動作。下一瞬間……

「咦！」

九頭龍的一顆頭。

特別大的那顆頭，咬斷燒焦斷頸之一的前端。

「什麼！」

被咬的斷頸開始迅速再生。

「糟了！」

被燒焦的斷面無法再生。然而只要吃掉燒焦的部分，就能夠重新再生。

「別讓牠有機會再生！」

「呀啊啊啊啊啊啊！」

艾莉娜麗潔發出怒吼往前跑，衝向斷頸附近。接著舉起鬥士短劍，狠狠刺進那根正在再生的斷頸裡。

「願偉大的冰之加護降臨汝所求之處，承受冰河之濁流吧，『冰擊(Ice Smash)』！」

艾莉娜麗潔居然使出魔術，從零距離的位置攻擊再生中的斷頸。

冰塊砸向還沒長出鱗片的柔軟肌肉然後碎裂四散，斷頸噴出如石榴般的鮮血，不斷痛苦扭動。

「洛琪希！」

「微小的火星將會把巨大的恩惠燃燒殆盡！『火炎放射(Flame Thrower)』！」

不知何時追上艾莉娜麗潔的洛琪希使出火炎放射。即使威力被鱗片減弱，九頭龍的斷頸還是被燒得冒煙。

「好！」

保羅打算繼續追擊，然而九頭龍卻不肯把腦袋放低。牠撐起巨大的身體，把頭抬高到接近天花板的位置，瞪視著這邊，而且剩下三顆腦袋全都這樣。

牠是害怕了嗎？

不對，不是那種感覺。我總覺得在哪碰過這種狀況……會有危險。

「對方會有什麼動作，保持警戒！」

「是！」

保羅大喊。我接下來的行動是基於直覺……不，是一種經驗。

我曾經看過一次相同的姿勢。

這種龍把身體挺直，還「深吸一口氣」的姿勢。

「牠要吐出氣息(Breath)了！大家快靠到我身邊！」

「好！」

保羅大大往後跳了一步，退到我的前方，艾莉娜麗潔和塔爾韓德連滾帶跑地來到我的腳邊；洛琪希則是以像是要抱住我的動作跳了過來。

我製造出一片水，一大片厚厚的水牆。

——幾乎同時，九頭龍吐出氣息。

九頭龍的三顆頭一起往這邊噴出極為猛烈的火焰氣息，衝擊水牆。周圍冒出大量蒸氣，讓室內的溫度急速上升。

「……！」

龍的火焰氣息以驚人的溫度出名，甚至可以輕易熔化鋼鐵，瞬間蒸發小型的沼澤。

現在有三顆頭同時放出這樣的氣息。如果是一般魔術師獨自面對，根本無從抵抗。即使集合五名……不，將近十名魔術師共同製造出一面水牆，或許可以……不，就算那樣做，大概也無法抵擋。

不過，我的魔力並不一般。

「父親！」

「好！」

趁著九頭龍低下頭，保羅一躍而上。

氣息有使用限制。雖然不清楚理由，但或許是用到了體內的什麼機構，還是因為必須累積魔力，總之無法連續使用。

所以，氣息是龍的最後王牌。而九頭龍剛剛三顆頭都使用過了，不會再次攻擊。

如果只有一顆頭吐出氣息，或許其他顆還能夠繼續使用。

然而牠沒有那樣做，我想恐怕是因為會波及到其他頭。

不管怎麼樣，現在是大好機會。

「喔喔喔喔喔喔！」
保羅砍斷九頭龍的腦袋，我立刻把斷頸燒成黑炭。
還剩下兩顆頭。一根頸子較粗，另一根比較細。比較粗的那個是主體嗎？那麼，要把它放到最後。
「父親，先解決細的那邊！」
「我知道！」
保羅往前跑，艾莉娜麗潔和塔爾韓德負責對付粗頸子的那顆頭。
現在只剩下兩顆頭，戰況變得相當輕鬆。
「喝啊啊啊！」
保羅砍斷腦袋，我隨即用火魔術攻擊。
行得通，只剩下最後一顆頭，我們要贏了。走到這一步，我不會讓牠有機會再生。就算最後一顆頭是不死身，也多的是對付的辦法。
在我把斷頸燒焦的那瞬間，九頭龍的身體開始抖動。
我不明白這是什麼動作。
明明預知眼裡有看到，卻還是無法理解。
因為太大了。
「笨蛋！」

「！」

等我回神時，已經被保羅推開。有某個巨大物體從眼前掃過。

明明已經沒有頭了……

不對。只是少了「腦袋」，但「頸部」還在。

九頭龍把沒有頭部的頸子當成鞭子般甩動。

牠晃動身體，一口氣使用八條覆蓋著像磨泥器般銳利的鱗片，必須以兩手才能抱住的粗大頸子掃向周遭。

「魯迪！」

保羅大聲喊叫，再次把我踢倒在地。

幾乎同時，有個東西發出巨大聲響，掉到我的旁邊。

到底是什麼？

那東西很靠近跪在地上的我。

就在我和保羅之間，自己先前所在的位置上。

「嗚……嗚喔喔！」

有一對眼睛。

看起來已經走投無路的眼睛。

似乎被逼上絕境的眼睛。

山窮水盡，但是還想繼續求生的眼睛。

九頭龍的眼睛。

還有額頭上長了角般突起物的腦袋，和我近在咫尺。

「嗚喔喔喔喔喔喔喔喔喔！」

我反射性地舉起左手戳向牠的眼睛。

伴隨著類似水聲的聲音，會讓人燙傷的熱度傳到我的手上。

或許是感到疼痛吧，九頭龍試圖閉上眼睛。包覆著鱗片的眼皮逐漸往下的樣子宛如斷頭台。

下一瞬間，我放出岩砲彈。

九頭龍的腦袋爆開，同時眼皮也完全閉上。

接下來，牠隨即把頸子猛然往上抬起。

我的腦髓中響起折斷然後撕裂的聲音。

「洛……洛琪希！」

我強忍著痛苦，大聲呼喚能信賴的師傅。

「微小的火星將會把巨大的恩惠燃燒殆盡！『火炎放射』」

那個聲音雖小，卻明確地在我耳邊響起。

最後一顆頭化為焦炭落到地上。

九頭龍的巨大身軀也緩緩倒下。

造成巨大聲響，揚起整片煙塵。

沒有頭的軀體彷彿力氣放盡，痙攣著橫躺在地。

可以感覺到這個身體裡的生命正在消失。

牠沒有再生，最後的腦袋不是不死身。

「呼……呼……」

打倒了，我們打倒牠了……贏了。

「太棒……嗚！」

一理解這個事實，我突然感覺到左手極為疼痛。

於是我低頭確認，卻因此滿心愕然。

「嗚……」

左手消失了。皮膚和肌肉被眼皮上的鱗片切斷，骨頭被構成眼皮的強韌肌肉攪碎。然後在最後那一瞬間，被九頭龍猛然抬頭的動作整個扯斷。

鮮血正沿著動脈不斷噴出。

「手……我的左手……」

要找眼睛，我的左手在九頭龍的腦袋裡。

這樣想的我看向最後解決的那顆頭。受到洛琪希竭盡全力的火魔術攻擊，那顆頭只剩下已碳化的殘骸。

看到殘骸後，我瞬間明白一切。

自己已經失去左手。就算去找恐怕也找不到；即使能找到，在尋找的期間也會失血過多。

嗯，必須使用治癒魔術才行。

「奇跡的天使啊，請對生命之鼓動賜予上天之氣息。太陽懸於天頂，神之聖使厭惡赤紅。請降臨光之海，展開純白的羽翼。如此一來即可驅逐赤紅。『ShineHealing』。」

我詠唱上級治癒魔術。自己很清楚上級治癒無法治好失去的部位。

然而，我還是使用了上級治癒魔術。被扯斷的缺口長出粉紅色的新肉，出血也停止了。順便還可以感覺到臉上的傷口和被保羅踹開時受到的撞擊傷也逐漸痊癒。

「呼……呼……」

我大口喘氣。冷靜下來，要冷靜。自己失去了左手。

但是，九頭龍是相當難纏的強敵。

如果當作打倒牠的代價是只有犧牲了左手，說不定還算是便宜。

要不是保羅在千鈞一髮之際救了我，自己很有可能已經喪命。

「……謝謝您救了我一命，父親。」

我回頭尋找保羅的身影。

結果卻沒有回應，所有人都保持沉默。

艾莉娜麗潔原地呆站。

塔爾韓德一言不發。

洛琪希摀著嘴巴。

在他們身後，可以看到滿臉蒼白的基斯正跑向這裡。

保羅沒有回答。

「……父親？」

順著所有人的視線看去，我發現保羅倒在地上。

對，他臉朝上躺著。

可是，不只是躺在那裡而已。

保羅的眼神呆滯，意識不明。而且……

沒有下半身。

「……咦？」

我無法理解眼前的光景。

「咦？」

不，這樣講不太對。我知道發生了什麼事。

沒錯，自己不是親眼看到了嗎？

因為九頭龍的最後一顆頭朝著我這邊衝來，所以保羅把我踢飛。

為了把一個人踢離原本位置，必須使出全力狠狠一踢才行。而且我已經成人，如果想全力踢我，必須擺出讓腰部往前突出的姿勢。

一般來說，踢人之後會因為反作用力而後退。然而保羅是這個世界的劍士，能力優秀，肌肉發達，還能夠身纏鬥氣。

換句話說，他即使把我踢了出去，自己的位置也可以保持不動。

所以……也就是說……他停在我原本所在的位置，這就代表……不，我不想理解。

這就代表……

「啊……為什麼？」

這句話脫口而出的瞬間，保羅的眼睛突然動了，和我視線相對。

「…………」

保羅什麼話都沒說。他只是動了動嘴角，像是終於放心。然後呼出一口氣，彷彿總算放鬆。

接著，無力地吐出一口鮮血……

最後，他的雙眼失去光彩。

保羅他……死了。

# 第十話「雙親」

九頭龍完全斷氣後，魔力結晶也同時解除，裡面的塞妮絲跌到地上。

她還活著。

雖然沒有恢復意識，不過確實還有呼吸。

周圍有幾十個巨大的魔力結晶，和形成九頭龍鱗片的大量魔石散落一地，房間深處還堆著大量的魔力附加品。賣掉的話可以獲得一大筆錢。

然而，沒有任何人興高采烈地去撿。

我覺得整個人輕飄飄的，好像身在夢裡。會被動回答問題，卻什麼都沒在思考。很像是有其他人在擅自替我回答。

明明處於這種狀態，我卻以連自己都感到驚訝的平靜態度來處理後續事務。

保羅的遺體當場就火化了。

雖然我心裡也有想把遺體帶回去，或是至少要讓塞妮絲看看遺容等各式想法，最後還是按照周圍的指示，舉行迷宮犧牲者的葬禮。

我使用火魔術後，保羅的遺體很快就只剩下骨架。

找艾莉娜麗潔確認直接埋葬是不是有可能會變成骷髏兵後，得到了肯定的回答。因此，我決定把骨頭敲碎帶回去。我用土做出一個小罐子，把保羅的骨頭放進裡面。

留下來的遺物只有三件。

保護保羅上半身的金屬鎧甲。

對手越硬就能造成越大傷害的魔力附加品短劍。

還有，那把在我出生時保羅就已經帶在身邊的愛劍。

「……」

我產生一種很不可思議的心情。

儘管連自己都不明白這是什麼心情，卻覺得胸口被勒得很緊。

「我們回去吧。」

在回去的路上，我沒派上多少用場。

有打倒敵人，也能使用魔術。但是腳步非常不安定，甚至感覺不到自己在走路。要不是有洛琪希緊跟在我身旁，或許已經踏中轉移陷阱。

然而無論我犯下多少失誤，都沒有人說任何話。

艾莉娜麗潔、洛琪希、塔爾韓德和基斯，每個人都不發一語。

沒有抱怨，也沒有安慰。所有人都默默無言。

塞妮絲一直由哪個人負責揹著。途中曾發生激烈戰鬥，但是她在迷宮裡都沒有醒來。我雖然有點不安，不過還是自我安慰說既然塞妮絲有在呼吸就是還活著。

我們花了三天，終於脫離迷宮。

我不記得回到城鎮之後，自己對出來迎接的三人說了什麼。

詳細說明是由艾莉娜麗潔和基斯負責。

雪拉崩潰痛哭，維拉也帶著大受打擊的表情癱坐在地。

即使看到這種光景，我還是什麼都說不出口。

莉莉雅不一樣。她擺出如同面具的表情來隱藏真正情緒，將我緊擁入懷。而且還講了些慰勞我辛苦的發言，要我好好休息，把後面的事情交給她處理就好。

我覺得自己整個人都掏空了，只「嗯」了一聲，對她點點頭。

回到旅社後，我脫掉長袍，仔細一看才發現肩膀附近破了一個大洞。雖然覺得必須補好才行，最後還是把長袍扔進房間角落。

連魔杖和道具袋也一樣，所有東西都隨手丟到長袍上面……

然後往床上一倒。

★★★

那天晚上，我作了個夢。

在夢中，我恢復成以前的模樣……一個肥胖自卑的尼特族。

但是，人神沒有出現，也沒有前往白色的房間。

這是前世的記憶。沒錯，是前世的夢。

我無法判斷確切時間，不過對眼前光景還有印象。

是家裡的起居室……前世的家。

夢境裡，前世的雙親正待在起居室商量關於我的事情。

或許因為這是一場夢，所以我聽不到聲音。然而很不可思議的是，我可以明白他們是在討論自己的事情。

那個時候的雙親是不是在擔心我？

結果，我連他們的死因都不知道，就離開了那個世界。因為兩人同時死亡，我想應該不是生病。是意外嗎？該不會是自殺吧？

他們在臨終的時候，對我有什麼想法呢？對我這個厚顏無恥的尼特族抱著什麼樣的感覺呢？大概覺得焦急，也覺得丟臉吧？

我不知道真相是什麼。

母親偶爾還是會來看看我的情況，父親從某個時期之後就再也沒說過任何話。

他們死去時，腦中曾經閃過我的事情嗎？

至於我自己……我連葬禮都沒參加，是在做什麼呢？

也沒有幫雙親處理後事，到底是去做什麼了？

為什麼自己連葬禮都沒有出席？

因為我害怕。明明雙親死了卻卻毫不傷心的我，害怕別人的眼神。

害怕那種像是在看人渣尼特族的眼神。害怕敵意，輕蔑。

當然不只是因為那樣，我不是那種老實的傢伙。實際上，那時候的我對雙親的死根本不覺得有什麼好悲傷。

我對雙親的感情並沒有深厚到會為他們感到悲傷的程度。

比起悲傷，擔心自己往後該怎麼辦和覺得事情不妙的心情反而更加強烈。我連自身的將來都無法好好正視。

我不是想要為自己辯護，不過我還是認為當時的反應無可厚非。畢竟在那種走投無路的狀態下，一旦失去最後的藏身處，一旦還沒下定決心就被丟進茫茫大海中，不管是誰都會想要逃避一下現實。我確實感到後悔，但是我沒辦法責備當時的自己。

可是，至少……是不是至少該參加葬禮會比較好呢？

雖然我不確定當時的自己會不會因為那樣而產生什麼想法，不過是不是至少該看一下雙親的遺容？是不是至少該幫他們處理一下後事才對？

保羅他……他的遺容是什麼模樣？

他並沒有露出滿足的表情。但是，嘴角帶著總算鬆了一口氣的微笑。

保羅那傢伙，最後是想說什麼呢？

我前世的雙親，又是帶著什麼表情死去？

自己為什麼沒有去看一下呢？

我好想現在回去，去看看雙親的臉孔。

隔天醒來之後，我的狀態糟透了。什麼都不想做的心情支配了全身。

不過，我還是勉強把自己哄下床，然後移動到隔壁房間的莉莉雅和塞妮絲那裡。一看到我，莉莉雅驚訝得瞪大雙眼。

「魯迪烏斯少爺，您已經不要緊了嗎？」

「……嗯，暫時沒事了。畢竟也不能只有我一個人在休息吧。」

「我想就算您繼續休息，也不會有人批評什麼。」

我很想按照莉莉雅說的再躺回床上去。

但是認為自己必須做點什麼必須有所行動的心情更加強烈。

「請讓我待在這裡。」

「……也對，我明白了。請坐吧。」

結果，我們決定兩個人一起觀察塞妮絲的狀況。

她已經睡了好幾天。

在迷宮內三天，從迷宮回到這裡又花一天，算起來已經四天沒醒。

如果只看表面，會覺得她只是在睡覺。

明明已經沉睡好幾天了，也沒有特別消瘦，反而看起來很健康。

本來以為塞妮絲的外表應該會變得更有年紀一點，實際上並非如此。臉頰和雙手摸起來都帶有溫度，把耳朵貼到她嘴邊可以感覺到呼吸。

可是，她就是沒醒。

難道塞妮絲會一直保持這樣嗎？保持這樣下去，然後衰弱而死嗎？這種想法從我的腦裡閃過。不過，我沒有說出口。可以不說的事情，還是別說出來會比較好。

我和莉莉雅靜靜地看著塞妮絲。維拉和雪拉有時候也會過來，跟我們聊一些話題。但是，我不記得到底聊了什麼。

還和莉莉雅一起吃飯。我並不覺得餓，幾乎食不下咽。雖然喝水硬吞，卻卡在喉嚨裡差點吐出來。

午後，塞妮絲的情況發生變化。她在我和莉莉雅面前發出小小的呻吟聲，慢慢睜開眼睛。

「唔……」

在場的人包括我和莉莉雅，還有維拉。

維拉立刻跑去叫其他人。

塞妮絲想要起身。

一般來說，臥床多日之後，應該很難撐起身體吧。然而塞妮絲雖然有莉莉雅出手協助，卻幾乎是靠自己的力量坐了起來。

「早安，夫人。」

莉莉雅帶著微笑對塞妮絲搭話。

塞妮絲看著莉莉雅，臉上是剛睡醒時特有的茫然表情。

「……嗯。」

她發出聲音，我還記得這聲音。仔細想想，自己在這個世界誕生後，第一個聽到的好像也是塞妮絲的聲音，是一種會讓人感到安心的聲音。

我鬆了一口氣。

保羅不幸喪命。不過他想救出的對象得救，而且平安活著。保羅的意志最後有成功實現。

塞妮絲知道保羅的死訊後想必會很難過，說不定會傷心落淚。

但是……至少我要和塞妮絲與莉莉雅一起分擔失去保羅的悲傷。

「母親……」

只是，這件事不必現在提起。

等狀況穩定一點，她也確實理解現狀以後再說也不遲。

只要慢慢循序漸進就好了，不該一開始就把痛苦的現實強加到她身上。

在悲傷之前，必須先為了塞妮絲還活著，也為了彼此終於再會而感到高興才對。

「…………？」

塞妮絲歪了歪頭。看到這個動作，我忍不住壓住胸口。她忘了我。

沒辦法，就跟洛琪希那時一樣。因為過了這麼多年，我的外表已經改變。

雖然有點受到打擊，不過這種事情到了以後就會成為有趣的回憶。

「夫人，這位是魯迪烏斯少爺喔。少爺離家之後，已經過了將近十年。」

「……」

塞妮絲愣愣地看了看我，然後把視線移到莉莉雅身上。她的眼中照出莉莉雅的臉。

「……？」

接著，又側了側腦袋。莉莉雅瞪大雙眼。

這狀況不太對勁，很奇怪。

從先前開始，塞妮絲就面無表情。我原本以為是剛睡醒腦袋還昏昏沉沉，但是……難道不是那樣？

而且她也沒有開口說話，只有發出「嗯」「唔」等聲音。

還有，剛剛那個動作。看起來很像是忘了莉莉雅是誰。

我也就算了，塞妮絲有可能連莉莉雅都忘了嗎？

莉莉雅的外表確實有變老一些，但是並沒有改變太多，髮型和服裝更是和以前一樣。

「……啊唔……啊……」

稚拙的發音，呆滯的眼神，失去的語言，還有看到我們的反應。

「難道……夫人她……？」

莉莉雅好像也察覺到狀況有異。

雖然我一邊推測出接在「難道」後面的推測，同時在心裡焦躁反駁。

不過還是和莉莉雅一起繼續對塞妮絲搭話。

「……」

我們很快就得出結論。塞妮絲對我們的聲音會有反應，卻不會主動開口說話，也無法理解我們到底說了什麼。

「魯迪烏斯少爺……夫人她已經喪失一切。」

塞妮絲失去了一切。

記憶、知識、智慧。

所有人類之所以為人類的必要條件都失去了。

成了一個廢人。

她忘了保羅。忘了莉莉雅，也忘了我。

完全不記得哪個人做了什麼事情，發生何種遭遇，又有什麼結果。

換句話說，她甚至對保羅的死也無法感到悲傷，無法和我一起分擔。

自己被迫面對這種事實。

「啊…………」

讓我的內心崩潰了。

★　★　★

後來，到底過了多少天呢？我已經搞不清楚正確的時間。

醒來，睡著。睡著，再醒來。這樣的過程重複了好幾次。

睡著時，我夢到保羅死去的那瞬間。

保羅砍下九頭龍的頭，九頭龍甩動頸子。保羅推我一把，讓我得以躲開攻擊。然後保羅繼續行動，九頭龍也繼續行動，只有自己無法動彈。保羅把我踢了出去，於是九頭龍的腦袋出現在我的面前……

夢到這裡，我就會驚醒。再度確認一切並不是夢境之後，又躺回床上。

我連起身的力氣都沒有。

腦子裡只剩下保羅的事情。

保羅他……絕不是什麼值得稱讚的傢伙。拈花惹草，又喜歡賣弄，對逆境一點抗壓性都沒有，還會用酒精來逃避現實。甚至到了決戰之前，他也沒說出身為人父者該說的話。

我想他一定是個不夠格的父親。

不過，我喜歡保羅。

只是這個喜歡和保羅對我的感情並不一樣。

看在我眼裡，保羅很類似「損友」。精神年齡是我比較大，但肉體年齡是保羅比較大。人生經驗也是，和藺居在家裡十幾年的我相比，應該是保羅比較有經驗。

但是，那些都無所謂，年齡這種事根本無關緊要。

和保羅對話時，我會覺得這傢伙和自己差不多。

我從來沒能把他視為「父親」。

或許也不太認為自己是那傢伙的小孩。

然而保羅確實把我當成他自己的孩子。

面對精神其實是三十多歲人渣的小孩。

面對不管怎麼看都顯得言行詭異的我。

保羅還是沒有逃避，一直把我視為家人。

作為父親，他也有不完善的地方。然而，那傢伙從未擺出不把我當成自家人的態度，也從來沒有做出把我當成外人的行為。保羅始終把我視為兒子，一個擁有異常力量的「兒子」。他一直認真地面對我。

那傢伙是個父親，一直都是個父親。

他以父親的身分扛起大量非必要的責任，為了家人持續行動。

最後，還保護了我。把我視為兒子，以父親的立場挺身而出。
賭命相救，彷彿這行為理所當然。
他也因此喪命。
這件事很奇怪。

明明我不是他的小孩，保羅卻是我的父親。

保羅有兩個真正的小孩。不是我這種假貨，而是他真正的孩子。
兩個率直又可愛的女兒，沒有像我這樣，身體裡其實裝著來自其他世界的靈魂。
諾倫和愛夏。
要保護的話，對象應該是她們吧。
而且保羅還有兩名妻子。
拚命尋找許多年，最後終於找到的塞妮絲。
還有在找到塞妮絲之前，一直支持著保羅的莉莉雅。
兩個妻子，兩個女兒。總共四個人。
保羅，你居然拋下這四個人離開，現在該怎麼辦？她們不是你最重要的人嗎？
……不過對保羅來說，或許我也一樣。

兩個妻子，兩個女兒，還有一個兒子。

對他來說，可能每一個人都一樣重要。

明明我並沒有把那傢伙當成父親看待，那傢伙卻把我當成最重要的家人。

可惡，為什麼，保羅？放過我吧……

你不是說過很多次嗎？說會把我當成獨立自主的個體，當成一個男人看待。

我自己經歷過結婚，買房，照顧妹妹這些事情後，當然也會覺得自己獨立自主了。

所以趕來幫忙，在迷宮裡也有活躍表現，自認已經長大成人。你不是也那樣看待我嗎？所以最後才會叫我就算是死也要救出塞妮絲吧？

明明是那樣，你為什麼……為什麼要保護這種已經獨立自主的對象呢？

回去之後，我該對諾倫和愛夏說什麼才好？

我該如何解釋這個現狀？

該怎麼照顧變成那樣的塞妮絲？

從今以後，又該怎麼做才對？

告訴我啊，保羅。這些事情，本來是你應該考慮的問題吧？

可惡，你為什麼死了？可惡……

如果是我死了，後續只要丟給保羅煩惱就解決了。

如果兩人都活著，就不會有任何人需要煩惱。

（啊……不行了……）

悲傷情緒上湧，眼淚不斷落下。

生前……不，明明前世的我在父母親過世時連一滴眼淚都沒掉。

明明那時候甚至連悲傷感都不曾出現。但是保羅死後，我卻不由自主地落淚。

滿心悲傷，還感到難以置信。不該離開的人卻撒手而去。

保羅他確實是父親，是我的父親。儘管我完全沒有把他當成父親看待。

然而他就跟我前世的雙親一樣……是我的父親。

我想了又想。

哭了又哭。

最後感到好累。

（……什麼都不想做。）

我就這樣有氣無力地躲在旅社的房間裡。

明明知道還有必須去做的事情，卻怎麼樣都提不起精神。

連離開房間的力氣都沒有。

我只是睡覺，醒來，坐起……換著姿勢虛耗掉每一天。

途中，莉莉雅和艾莉娜麗潔有來看我。她們說了些什麼，但是我聽不懂。就像是突然改變成另一種語言，自己沒辦法理解。

不過就算能夠理解，我大概也無法回答。

因為我無話可說。對於她們，我沒有任何話能說出口。

如果……舉例來說，如果我的劍術實力更強，能夠一刀砍斷九頭龍的腦袋。那麼，保羅是不是就不會死？由自己和保羅一起揮劍砍頭，再和洛琪希一起使用魔術燒燬。

要是能那樣進行，是不是可以更輕鬆地打倒九頭龍？至少……如果我懂得使用鬥氣，如果我的速度能再快一點，是不是就可以不必靠保羅的保護，自己避開九頭龍的攻擊呢？

算了，正是因為我辦不到，才會演變成這種結果。

畢竟我並不是沒有努力過。

要不然換個角度假設……當時是不是就算要痛毆保羅也該暫時撤退會比較好？先退出迷宮，冷靜下來後再召開作戰會議，是不是就會想到什麼好辦法？不是那種不明確又驚險的戰法，而是更好的方案。

只要過程有一點點改變，結果應該會更加不同。

然而一切都太晚了，保羅已經死了。

就像自己再也看不到前世雙親的遺容。

無論現在說什麼，全都為時已晚了。

# 第十一話「朝向前方」

在某間酒館中，有四名男女正圍著桌子坐著。

周圍一片喧囂，只有這裡的氣氛特別陰鬱。

「……保羅真的死了呢。」

擁有一頭奢華金髮的長耳族女性……艾莉娜麗潔喃喃說道。

「是啊，他死了。」

相貌神似猴子的魔族男性……基斯看著手裡的杯子，附和她的發言。

「既然是保護兒子而死，也算得償所願吧。」

長著濃密鬍鬚的礦坑族男性……塔爾韓德以若無其事的態度接話。

然而，他的聲調卻顯得有氣無力。明明已經狂灌一大堆自己最喜歡的酒，卻完全沒有出現喝醉的徵兆。

「可是塞妮絲那個樣子，保羅恐怕無法瞑目。」

聽到基斯這句話，塔爾韓德默默地又喝起酒來。

塞妮絲成了廢人，讓他們也受到不小的打擊。

正因為他們都認識原本開朗活潑的塞妮絲，所以更為震撼。然而這些人都是冒險者，死亡如影隨形。就算塞妮絲死了，他們也有能夠接受事實的度量。

「但是她還活著，說不定有機會治好。」

塔爾韓德講出連自己心裡也不相信的推測。

他們偶爾會聽說有人中了魔物毒而變成廢人，但是完全沒聽說過治好的案例。因為一般認為，如果腦袋被砍斷或頭部被壓爛，就算用上神級治癒魔術也無法治好。

因此一旦腦袋出了毛病，當然也沒有能治療的辦法。

「就算恢復到可以走路可以說話，記憶也不會回來。」

艾莉娜麗潔似乎很不以為然地這樣反駁塔爾韓德。

「什麼啊，艾莉娜麗潔。妳好像很清楚嘛？」

「……因為這種事就是那樣。」

艾莉娜麗潔並沒有詳細說明。她比塔爾韓德和基斯更年長，也聲稱曾經見過類似的案例，想來是知道些什麼情報。

但是，既然她知道的事情並不是「希望」，塔爾韓德也不打算強行追問。

「……好啦，那麼問題是他們的兒子。」

「是啊……」

眾人都發出類似嘆息的聲音。

魯迪烏斯──保羅的兒子，已經將近一星期都沒有走出旅社房間。

「那已經不能用心情低落來形容了。」

「簡直跟廢人沒兩樣。」

艾莉娜麗潔和基斯各自發表了意見。魯迪烏斯現在宛如空殼，即使其他人主動搭話也不會回答。只會睜著眼神空洞的雙眼，點點頭隨便應個一聲。

「因為魯迪和保羅先生的感情很好。」

擁有一頭水藍色頭髮的魔族少女，至今都保持沉默的洛琪希・米格路迪亞喃喃這樣說道。

她腦中回想起小時候的魯迪向保羅學習劍術的情境。

就算被保羅狠狠教訓，滿臉不高興的魯迪烏斯還是會繼續揮劍。少年的身影就如同才能的化身。看在洛琪希的眼裡，總覺得魯迪烏斯其實很開心地跟著父親學習。

對於不曾和家人度過這種時間的洛琪希來說，那是讓人羨慕的耀眼光景。

「我是可以理解前輩的心情，不過再那樣下去可不妙喔。」

「是啊。」

打從那天之後，魯迪烏斯都沒吃東西。

就算勸他多少吃一點，魯迪烏斯也只是隨便點個頭，沒有動手的跡象。

似乎還是有攝取最低限度的水，但是明顯看得出來日漸憔悴。眼眶凹陷，臉頰消瘦，甚至讓人覺得他整張臉隱約浮現出死相。

所以在場的每個人都認為，要是再任由魯迪烏斯這樣下去，他很有可能會死。

「…………真想找出什麼辦法讓他打起精神。」

聽到洛琪希的話，基斯把視線放到艾莉娜麗潔身上。

「妳總是說在這種時候就該做那檔事吧？」

「我沒辦法。」

艾莉娜麗潔立刻回答，只有洛琪希一頭霧水。

「沒辦法做什麼呢？」

「……」

基斯和塔爾韓德面面相覷，兩人都保持沉默。洛琪希懷疑地皺起眉頭。

「艾莉娜麗潔小姐，妳有什麼辦法嗎？」

「……沒有。」

艾莉娜麗潔面不改色地回答。

「呃，總之……」

基斯搔了搔臉頰，塔爾韓德一臉無趣地喝著酒。

「就是說……在這種時候，最好去大玩一場然後把痛苦忘掉。」

「大玩一場？」

「因為所謂的男人都很現實。去喝個酒，跟女人上床，讓心情變舒暢了，直接體認到活著的喜悅後，就可以稍微打起精神。不過呢，也不是說這樣做就可以一切恢復原狀啦。」

「啊……！噢，原來如此。」

講到這裡，洛琪希總算聽懂基斯想表達什麼。

也理解他想叫喜歡男人的艾莉娜麗潔去做什麼。

「也……也對！男人就……就是那樣呢！原來如此！原來如此啊……」

洛琪希紅著臉低下頭。

男人在陷入低潮時會去找女人。洛琪希覺得自己以前也曾在哪裡聽過這件事。尤其是那些傭兵，據說在戰爭前後都會為了轉移恐懼心而去買春。

冒險者也一樣，完成像是去鬼門關前走一遭的委託後，有不少人會前往妓院。

但是，一想到魯迪烏斯要和艾莉娜麗潔……洛琪希心中總是有點不舒服。

「艾莉娜麗潔，妳不是從以前就常說自己很擅長安慰傷心的男人嗎？」

「我是說過。」

洛琪希默默思考。的確，艾莉娜麗潔很擅長那方面。她經常會和不特定多數的男人發生關係，技術方面聽說也很高竿。如果是經驗豐富的她，或許能夠讓現在的魯迪重新振作吧。雖然總覺得不太舒服，但也沒有別的辦法。

「真難得，如果是平常的妳，對於前輩這種狀況的人不會棄之不管吧？」

現在的魯迪烏斯讓人不忍卒睹。

艾莉娜麗潔心裡多少也有想幫助他、安慰他的意願。

然而，她很清楚。一旦在這裡以排解傷心情緒為由而和魯迪烏斯發生關係，回去以後將會面對什麼樣的結果。

魯迪烏斯不是那種在背叛克里夫和希露菲之後還能夠若無其事的人。

「就算是我，也有無法出手的對象。」

「為什麼魯迪不行呢？」

洛琪希緊抿著嘴，瞪著艾莉娜麗潔。

「魯迪現在那麼痛苦。」

「那是因為……」

艾莉娜麗潔才剛開口就突然想到……洛琪希還不知道這件事。

「魯迪烏斯的結婚對象是我的孫女。」

「……咦！」

洛琪希手上的杯子掉了。那個杯子先是在桌上轉著圈把裡面的液體撒了出去，接著才繼續滾落，敲到地上發出喀唧一聲。

「咦……魯迪他結婚了嗎？」

「嗯，結婚了，孩子也快出生了。」

「是……是嗎……也對，魯迪也到這年紀了……」

無法掩飾內心動搖的洛琪希伸手撿起掉到地上的杯子，湊到嘴邊想喝時才發現剛才已經灑光了，於是重點一杯。

「啊……請來一杯店裡最烈的酒。」

她雙手抱胸，一雙眼睛不斷轉動。

結婚……結婚又不是什麼大事，就算是魯迪也會結個婚吧。嗯，這很正常，沒錯。

洛琪希這樣說服著自己，卻回想起在迷宮裡的行動，不由得用力咬牙。

她以為魯迪還是單身，因此展開攻勢。雖然得到了過去從未感受過的正面回應，不過那充其量只是因為彼此相識所以魯迪沒有擺出冷淡態度嗎？看在旁人眼裡，自己的行為一定非常滑稽，簡直跟小丑一樣引人發笑吧。

洛琪希很想大聲質問為什麼沒有人告訴她，但是又把這種抱怨硬吞了下去。

現在，自己的事情根本無關緊要。

「可……可是，目前事態緊急，就算魯迪結婚了，只是一次應該也還可以接受吧。」

洛琪希根本沒搞懂她自己在說什麼。

她只是覺得必須想辦法讓魯迪烏斯重新振作起來。

「……或許是那樣沒錯，不過我還是辦不到。」

艾莉娜麗潔的表情帶著不甘。

即使看到這種表情，洛琪希依然無法理解艾莉娜麗潔的心情。

「……讓您久等了。」

「啊，謝謝。」

這時，她剛剛點的酒正好送來。洛琪希舉起杯子，一口氣喝乾。烈酒滲入乾渴的喉嚨，帶來一股燒灼感。大概是因為身體需要酒精，喝起來感覺特別美味。

「而且，魯迪烏斯對我也……」

艾莉娜麗潔說了一半又打住。

「總之，就算我沒辦法配合，讓基斯帶他去妓院之類的地方不是也可以嗎？」

「這嘛……妳覺得如果找了個什麼都不知道的女人給魯迪烏斯，能讓他振作起來嗎？」

「也對啦，現在那孩子需要的是找個可以依賴的對象好好撒嬌。」

「不然要找莉莉雅嗎？」

「所以我說……」

「好啦，我知道啦，別那麼生氣。」

艾莉娜麗潔的內心情緒也很複雜。她不想打擾希露菲的婚姻。

可是，也很想救魯迪烏斯。她對自己有信心，只要主動跟魯迪烏斯上床，應該可以讓他重新振作起來。而且她在這種場面下幫助男人再起的次數也不只一兩次了。

只不過艾莉娜麗潔總覺得那是錯誤的選擇，還會造成無法補救的後果。

而且，自己的心情也是個問題。

如果是平常，艾莉娜麗潔會覺得由自己當壞人就好。至今為止，她也經常扮演那種角色。

然而一旦有不想背叛克里夫的心情介入，艾莉娜麗潔就再也無法那樣做。

「……」

現場一片沉默，只剩下喝酒的聲音持續響起。沒有人找這群身高參差不齊的四人組搭話。只有這裡安靜得像是在守靈。

「不管怎麼樣，塞妮絲都成了那副樣子了。我想儘快讓前輩振作起來，然後跟這個城鎮說再見。」

聽到基斯這句話，其他三人也嘆了一口氣。

「是啊……」

大家都累了。

畢竟已經六年了。

轉移事件後已經過了六年。

這段時間絕對算不上短暫，從中央大陸前往魔大陸，再從魔大陸移動到貝卡利特大陸，最後是持續探索轉移迷宮。

有時候很痛苦，有時候很難熬。

然而，這些原本都是為了在一切結束後可以開心歡笑。

轉移事件確實是不幸的事件。不過對這些人來說，轉移事件並非只帶來了不幸。

各分東西的隊伍成員慢慢重新聚在一起。艾莉娜麗潔和塔爾韓德又一次搭檔組隊；基斯為了保羅開始行動；保羅和塔爾韓德重修舊好；最後，甚至連保羅和艾莉娜麗潔都再度並肩戰鬥。

原本以為這種情景已經不可能再現，眾人卻以保羅為中心再次聚集起來。

每個人想必都認為，等救出塞妮絲之後，只要再去找到肯定待在某處的基列奴，就可以大夥一起好好喝上一杯。

但是，保羅死了。

只是這樣，就讓他們感受到一種難以言喻的空虛，彷彿一切都徒勞而終。就像是耗時費日好不容易有了成果，卻在最後的最後不小心踩爛的那種無力感。

不是只有魯迪烏斯一個人感到有氣無力。

「別緊張，魯迪烏斯是保羅和塞妮絲的兒子。就算現在陷入低潮，遲早也會靠自己振作起來吧。」

「……如果真是那樣就好了。」

「……」

對於塔爾韓德的意見，現場有兩個人不置可否地點了點頭。

他們都清楚魯迪烏斯的弱點。

話雖如此，他也已經十六歲了，不是年幼小孩。即使經歷過艱辛遭遇，內心精神應該也已經是出色的大人。更何況死亡會平等降臨到每個人身上，對於冒險者來說更是家常便飯。

父母總有一天會離去，無論是誰都必須跨過這個難關。
所以他們認為，魯迪烏斯遲早也可以辦到。
「……」
然而，只有一個人……只有洛琪希沒有點頭。
因為她想起了一些過往的回憶。

**★魯迪烏斯觀點★**

看向窗外，現在是傍晚。
我坐在床上，腦袋昏昏沉沉。
那天之後，已經過了幾天？算了，不管幾天都無所謂。
這時，門口突然傳來敲門聲。
「魯迪，我可以進去一下嗎？」
我轉頭一看，只見洛琪希正站在房間門口。原來門一直沒關上嗎？
「……老師。」
感覺好久沒有發出聲音了，不知道洛琪希有沒有聽到這沙啞的呼喚。
洛琪希以似乎有點慌張的態度走到我面前。

而且我總覺得哪裡怪怪的，為什麼呢？

噢，對了。她今天沒有穿長袍。而是穿著分為上下的輕便服裝，真難得。

「打擾了。」

洛琪希用僵硬聲調如此說完，來到我的身邊坐下。

接著她先沉默數秒，才謹慎地開了口：

「你要不要和我一起出門走走，就當作是轉換心情？」

「……咦？」

「呃……因為這城鎮裡有其他大陸都無法看到的大量魔力附加品，我想就算只是去逛逛那些，或許也很有趣喔。」

「不，我現在沒那種心情……」

「是……是嗎……」

「對不起。」

洛琪希的邀請。

我知道她是想讓我打起精神。若是平常，我肯定會像隻小狗般跟著她走。

但是，我現在就是提不起勁。

「…………」

又是一陣沉默。

洛琪希再度斟酌用詞，然後低聲說道：

「……關於保羅先生和塞妮絲小姐的事情，我真的感到很遺憾。」

遺憾。這種事可以用遺憾兩個字帶過去嗎？算了，畢竟對於洛琪希來說，他們終究只是外人。

「我自己也還清楚記得我們五個人一起住在布耶納村時的事情。對我來說，那可能是最幸福的時期。」

「……」

洛琪希靜靜說著，同時握住我的手。她的手很溫暖。

「一旦從事冒險者這一行，身邊的人死去並不是少見的事情。我明白你的痛苦，因為我自己也有過經驗。」

「……請不要說謊。」

我見過洛琪希的雙親。

他們兩位看起來都很有精神。雖說已經有一陣子沒見了，但我想他們現在一定也過得很好吧。

「老師的父親和母親不是都很好嗎？」

「是啊。最後一次見面已經是幾年前了，不過他們看起來很好，大概能再活個一百年。」

「既然這樣，老師您根本不懂！」

感到內心湧上某種情緒的我甩開洛琪希的手。

「請不要隨便說什麼明白我的痛苦！」

我大聲怒吼。

這一吼，讓我感覺到體內最後的力氣也逐漸流失。

洛琪希雖然有點驚慌，還是以嚴肅表情開始說明。

「我剛成為冒險者時，有個人立刻和我組隊，還教導我關於冒險者的各種基礎。雖然我不會說他等同於父母，但是對我來說就像是大哥。」

「……」

「這個人因為保護我而死。」

「……」

「我當時也很煩惱。」

「……」

「當然，我知道自己的狀況和失去親生父親，母親又……生病的魯迪無法相比，但是那時也陷入低潮。」

「……」

「所以，我自認能稍微理解魯迪你現在的心情。」

講來講去，結果還是不明白啊。

洛琪希不可能理解經過轉生，夾在前世的自己和現在的狀況之間，感到左右為難的我到底是什麼心情。

我不只是為了保羅的死而傷心。

也不只是為了塞妮絲成了廢人而悔恨。

而是我發現……

轉生之後，我以為自己的人生已經重新來過，也自認至今都做得很好。

但是到頭來，我根本一直在逃避最重要的部分。

我一直不肯去面對自己和前世家人之間的紛爭與不和。

就是因為一直逃避，所以結果……我在這個世界，在第二次的人生也還是重蹈覆轍。

還沒來得及報答雙親，保羅就死了，塞妮絲則成了廢人。

我在這個世界裡又重複了同樣的錯誤。

犯下無法挽回的失敗。

前世總共三十四年，這一世至今十六年。明明加起來已經活了五十年，結果卻還是……

生前的我雖然是個無可救藥的傢伙，但是轉生到這個世界後，我一直認為自己已經成功改變。

然而，我卻被迫面對其實自身將近完全沒有改變的現實。

看起來好像順利前進，實際上卻幾乎沒有離開起跑點。

老實說，我完全不認為自己能夠振作起來。

就算知道洛琪希當初靠著何種想法重新站起，我還是不覺得自己會改變。

「在布耶納村的生活真的很幸福。當時的我想在阿斯拉王國工作，結果卻屢次碰壁。原本只是把鄉下的家庭教師工作當成一種過渡，但是魯迪你的才能出類拔萃，保羅先生和塞妮絲小姐也以溫暖態度對待我。或許實際教導我什麼叫作家人溫情的人是他們兩位。」

洛琪希看向我的雙眼，她的眼神很澄澈。

「對我來說，他們就是第二個家族。」

語畢，洛琪希在床上站了起來。

她繞到我的身後並跪下，然後伸手將我的頭擁入懷中。

「魯迪，我想……我可以和你一起分擔這份悲傷。」

後腦傳來柔軟的感觸。

還可以聽到洛琪希的怦咚心跳聲。

這種聲音讓人安心。

為什麼聽到這個聲音就會感到安心呢？

為什麼會產生自己沒事了的感覺呢？

還有氣味也是，洛琪希的味道讓我感到安心。

很不可思議的是，過去當我感到辛酸時，只要回想起洛琪希的氣味和教導，就會覺得精神

上獲得支持。很不可思議的是，在我得了ＥＤ深受其苦時，也是因為想到洛琪希的事情才得以繼續挺住。

為什麼呢？答案已經來到嘴邊，但是卻沒有說出口。

「我是魯迪的師傅。儘管我是個矮小又不成熟的師傅，不過畢竟比你活了更久，還是很牢靠的。你倚靠在我身上也沒關係。」

我抓住洛琪希環到我身前的手。

她的手很小。可是，我卻感覺很大。

這雙手也是，會讓我看著就感到安心。如果彼此更加靠近，是不是會更安心呢？

「就算是痛苦的事情，只要兩個人一起分擔就一定能減輕。」

洛琪希這樣說完，移動身子打算退開。我基於本能把她拉了過來。

「哎呀！」

洛琪希嬌小的身體直接倒到我的大腿上，我們在近距離四目相對。

滿臉飛紅的她緊閉著嘴角，一雙略帶睡意的眼睛因為淚水而顯得溼潤。

我伸手把洛琪希摟向自己這邊。可以聽到她的心臟跳得很快，也可以感覺到她的身體很溫暖。

「可……可以喔。」

什麼事情可以？

「我……我聽說男……男性在痛苦的時候只要和女性發生關係，就能讓心情開朗起來。」
這種事情是誰說的？噢，艾莉娜麗潔嗎？那傢伙，在這種時候跟洛琪希胡說八道些什麼。
「女性也一樣。在痛苦時會想要遺忘，而且我也因為保羅先生過世而感到悲傷。所以如果魯迪你願意的話，和我發生關係也是可以的。」
洛琪希語氣急促地說個不停。
「沒錯，是我這邊想要請你幫忙我忘掉。不過我的身體實在不吸引人……如果魯迪你不喜歡，換成去妓院之類也可以。」
洛琪希講個沒完，彷彿是想要辯解。這個模樣，確實是讓我尊敬不已的洛琪希。
如果我真的依言和她發生關係，會變成什麼感覺呢？
「別……別看我這個樣子，其實經驗豐富，比起一般的小丫頭，我想自己可以做得更好。所以你可以放鬆心情，抱著洗去負面情緒的想法，當作凡事都該嘗試一下，只做個一次……」
我根本沒把洛琪希顛三倒四的發言聽進耳裡，不過已經有了幹勁。
因為只是稍微聽到她的心跳聲就已經如此安心，要是彼此更加貼近，自己是不是就能更加安心？
我一邊想著這些跟藉口沒兩樣的事情……
「啊……不，如果魯迪你覺得技巧高明的對手比較好，那麼我可以去找艾莉娜麗潔小姐低頭請求……啊！」

同時動手把洛琪希推倒，而且動作非常粗暴。
我想，或許那是一種遷怒行為吧。

★ ★ ★

隔天早上。
我一睜開眼睛，第一個映入眼簾的是洛琪希的睡臉。
放下頭髮的洛琪希那天真無邪的睡臉。
同時，覺得自己闖禍了的感想也從腦中閃過。
「唉……」
我忍不住嘆了一口氣，這下該怎麼對希露菲解釋……
煩惱又多了一個。
「……」
但是不知道為什麼，總覺得視野豁然開朗。
之前苦惱成那樣的日子簡直像是假的。
那種被糾纏住的沉重感觸尚未消失。
不過，受限的已經不再是最深處。甚至跟昨天是天差地別。

為什麼呢？

是因為孕育生命的行為能治癒失去生命的悲傷嗎？

……好像也不對，只是暫時把問題放到一邊去而已。

「嗯……」

這時，洛琪希睜開眼睛。她先凝視我的臉好一陣子，才開始動來動去，似乎想把身體藏進毯子裡。

「早安，魯迪……」

接著，她轉開視線，低聲問了一句：

「那個……你覺得如何？」

對於這個問題，我沒辦法說謊。

自己對洛琪希的行為非常粗暴。雖然我立刻發覺所謂的經驗豐富是彌天大謊，仍舊沒把這件事放在心上。

然而她卻忍著疼痛接納一切，沒有表示任何拒絕。

我一方面很感謝，同時也覺得很對不起她。

既然自己愛著希露菲，現在似乎不該誇獎洛琪希。

而且老實說，洛琪希太嬌小，和我的尺寸有點不合。但是，要說我覺得這次經驗並不舒服也是謊話。況且實際上，自己現在也變得如此放鬆。沒有必要不惜說謊也要傷害洛琪希。

「非常棒。」

洛琪希的臉迅速轉紅。

「謝謝……不，我不是指那方面，我是在問你內心的痛苦有沒有比較緩解？」

噢，原來是這方面。真是失禮了。

「嗯。」

「那……希望你能抱住我當回禮。」

「……是。」

我按照洛琪希的要求，把她擁入懷中。洛琪希的肌膚柔軟濕潤，畢竟出了很多汗。柔軟的身體傳出洛琪希的怦咚怦咚心跳聲。

果然是讓人安心的聲音。

「魯迪的手臂很強壯呢，不太像是魔術師。」

「…………因為我有鍛鍊。」

洛琪希一邊發表感想，一邊摸著我的胸口和上臂。

這動作非常可愛，讓我對希露菲的愛幾乎動搖。不過，我緩緩把洛琪希往外推。

然後，坐起身子。

「洛琪希老師，我可以請教一個有點奇怪的問題嗎？」

「……什麼？」

或許是察覺到我的態度變了，洛琪希也一臉認真地撐起身體，在床上坐直。

端坐在床上的全裸洛琪希。因為太誘人，感到不妙的我轉開視線，用毯子遮住下半身後繼續說道：

「這些話只是想像出來的故事。」

我先以這句話作為前提，然後開始敘述某個男子的故事，一個虛構的故事。

這個男子在年輕時曾經碰過痛苦的遭遇，因此決定隱遁。之後將近二十年，他都過著只會啃老的廢物生活。然而某一天，他的雙親突然死去。這個男子不但沒有參加葬禮，甚至還做出身為人最差勁惡劣的行為。結果被其他家人發現，因此遭到一頓痛毆，最後被趕出家門。男子在此失去一切，卻運氣很好地來到新天地，所以洗心革面，重新開始生活。新生活很順利，他認為這樣下去自己一定會獲得幸福。但是，後來男子卻犯下嚴重失敗，害死了重要的人。這時，男子回想起死去的雙親。而且事到如今，才對這件事感到無比懊悔。

就是這樣的內容。

說的越多，我越覺得心裡累積的負面情緒也逐漸流出。

自己是不是很想找個人傾吐？是這麼簡單的狀況嗎？

洛琪希靜靜聽著這些故事，她完全沒有出聲，而是成為沉默的聽眾。

「您覺得那個男子該怎麼做才好？」

「…………」

洛琪希繼續沉默了一會兒。

突然被問到這種事，她可能是不知道要怎麼回答吧。

我想她不至於會相信這些故事就直接等於我的人生。畢竟她很聰明，說不定會認為這故事另有什麼深層含意。

「……如果是我的話，會去雙親的墓前祭拜，因為現在開始行動也還不遲。另外，還會找其他家人好好溝通。」

「可是，不管是墓地還是家人，都在無法輕易到達的遠方。要是去了，說不定無法再回來。男子現在有自己的生活，新天地裡也有新的家人，這邊也同樣很重要。」

「去了以後可能會回不來嗎？」

「嗯，甚至很有可能根本無法前往。」

洛琪希又陷入沉默。不過，這次沉默的時間很短。

「既然那樣就沒有其他辦法了，大概只能好好珍惜現在的家人。」

洛琪希的建議非常普通。是任何人都能想到，任何人都能提出的答案。

沒有任何特別之處，只是理所當然。

「我想保羅先生他們一定也希望魯迪你這樣做。」

洛琪希以理所當然的態度說出理所當然的建議。

只有表面上在為我著想，平淡無奇，好像在哪裡聽過的建議。

「請你朝向前方吧，大家都在等你。」

然而，我的心卻因此感到雨過天青。

沒錯，其實這些事情都很普通。不管是前世雙親的死，還是保羅的死，都是理所當然的事情。

我只能接受它，面對它。

因為自己活在這個世界上，而且要繼續活下去。

保羅的死訊，還有塞妮絲變成廢人的現狀。

因為必須把這些消息告訴在北方大地等待的家人，所以我感到不安。

因為不知道今後到底該如何是好，所以也感到不安。

都是些無法預知後果的不安。可是，我不能逃避。

到頭來，還是只能從眼前的問題開始著手。儘管自己根本不知道具體上該怎麼做，不過還是只能一個一個仔細思考，然後解決問題。

來到這世界後，我一開始不是下了決心嗎？要拿出真本事，在這個世界認真活下去。

既然如此，我不可以逃避。

無論接下來會遇到何種困難，自己都要努力克服。沒錯，我必須那樣做。

到此，我再度有了這番體認。

就算有了體認，痛苦也不會完全消失，只會覺得多少暢快了一點。

可是，我覺得自己總算擺脫了什麼。

「老師。」

「嗯。」

「非常感謝您。」

這次，自己又因為洛琪希而得救，真的是千言萬語也無法表達我心中的謝意。

## 第十二話「回去吧」

關於塞妮絲的事情，我決定去找某個人物商量。

冷靜下來仔細思考後，我發現這不是自己一個人的問題。我應該要找人討論，因為這裡還有另外一個家人。

「老師，我想去找莉莉雅小姐商量一下今後的事。」

「是啊，這樣確實比較好。」

我和洛琪希打理好外表並離開房間，結果正好碰到也從房裡出來的艾莉娜麗潔。她發現我和洛琪希之後，不由得瞪大了眼睛。

「洛琪希，妳這是……」

「魯迪。非常抱歉，我和艾莉娜麗潔小姐有話要說，所以請你自己一個人去莉莉雅小姐那裡吧。」

我大概可以想像到她們要談什麼。

不過，既然洛琪希都這麼說了，我還是不要在場會比較好。

「知道了。」

於是我留下洛琪希，往旅社更深處前進，來到塞妮絲使用的房間門口。

我在進去前先回頭瞄了一眼，正好看到艾莉娜麗潔和洛琪希走進她們自己的房間。

「……」

總之，自己這邊也繼續行動。

來到塞妮絲的房間內一看，塞妮絲正坐在床上，莉莉雅則坐在旁邊的椅子上。

看到這宛如病房的光景，我抿緊嘴角換上嚴肅表情。

「莉莉雅小姐。」

「有什麼事嗎，魯迪烏斯少爺？」

負責照顧塞妮絲的莉莉雅滿臉疲憊。

我應該先找她討論，彼此交換意見才對。

「抱歉，我把照顧母親的責任都推到妳身上。」

「不，這是我的工作。」

「是嗎？」

莉莉雅居然說是工作，明明沒有人會付她薪水啊。

「母親的狀況怎麼樣了？」

我看了塞妮絲一眼，發現她一直盯著我瞧。

但是，她並沒有找我搭話，也沒有在探查什麼，就只是目不轉睛地看著我。

「夫人雖然沒有記憶，但身體方面卻不可思議地健康。體力夠，也沒有奇怪的後遺症。吃飯和換衣服這類事情只要教導過一次，她就能夠自己處理。」

「是這樣嗎？」

如此看來，好像也不算是完全的廢人，只是失去了記憶而已。

「根據雪拉小姐的診斷，似乎是被封在魔力結晶中所導致的魔力障礙。」

「可以治好嗎？」

「…………照艾莉娜麗潔小姐的說法是沒有辦法。」

艾莉娜麗潔說了那種話嗎，她是不是很清楚這方面的事情？不過，我覺得現在放棄還太早，畢竟在這種地方也沒辦法找個優秀醫生幫塞妮絲診療。

「夫人一直對我很好。既然老爺已經過世，我會負起責任照顧夫人。」

「我也打算做些力所能及的事情……」

聽到我這麼說，莉莉雅很明確地表示反對。

「沒有必要。」

聽起來就像是徹底的拒絕。

「咦……」

我不由得發出驚訝的聲音，卻又覺得這也理所當然。畢竟自己在父親死去，母親遇上困境時什麼都沒做，就算莉莉雅對我已經心寒也是合理的反應。

然而，莉莉雅繼續說道。

「魯迪烏斯少爺。雖然這是踰越本分的行為，但是您可以允許我說一些失禮的發言嗎？」

「請說。」

「我認為魯迪烏斯少爺您應該去做自己的事情。」

「……我自己的事情？」

「我想老爺也會那樣希望。」

我倒是不認為保羅會說那種話啦。因為那傢伙……該怎麼說？是更任性自我的人。

「照顧夫人是我該做的事情，也是我來到此地的理由。」

莉莉雅看起來很累，她不可能不累。

但是，她很堅強。已經斷然放下保羅的死，前進到下一步了。

自己必須向她學習才行。

「莉莉雅小姐，這種問題或許會讓妳感到不高興。」

「……我不會。」

「所謂我應該去做的事情，到底是什麼呢？」

我知道這是自己必須思考的問題，但還是提出疑問。

莉莉雅以驚訝表情看著我。我其實也已經隱約明白，不過，還是想從別人嘴裡聽到答案。

「我想……首先要把老爺的死訊告訴諾倫大小姐等人。」

說得也對，我必須回去。

隔天。我召集所有成員，宣布要離開這個城鎮。

這種情況讓我看起來很像是隊長，不過大家都聽從了這個決定。

大概是把我當成保羅的替代品吧。

既然如此，我必須扮演好這個角色。

基本上，我有先說明回程時會使用的路線。不過刻意避開了「轉移魔法陣」這個名詞，只說是會利用某種特殊方法來移動。另外，還嚴正警告眾人絕對不能把這個方法洩漏出去。

「不過，我覺得基斯大概酒喝一喝就會不小心說漏嘴。」

「嗯……就算說漏嘴也不會提到前輩的名字，不必擔心啦。」

人的嘴巴不是那麼牢靠，我不會把正確的位置告訴他們。老實說，我甚至想在進入遺跡後讓其他人都蒙上眼睛……嗯，這主意不錯，就那樣做吧。光是不要讓他們看到魔法陣，或許就有什麼預防效果。

「要踏上回程是可以，不過前輩你已經不要緊了嗎？」

基斯似乎還掛念著我的情況。他看著我這邊，猴臉上是擔心的表情。

「我看起來像是不要緊嗎？」

「是不太像……不過比之前好多了。」

「那就沒問題了。」

其實還不能說是沒問題。

只是託洛琪希的福，我總算脫離低潮而已。不過，至少可以走這一趟回去。

「莉莉雅小姐，母親的狀況怎麼樣呢？這趟旅程要耗費一個半月，還會經過過沙漠，她能承受嗎？」

「我也無法確定。但是，我會負起責任照顧她。」

「……拜託妳了。」

莉莉雅以認真表情扛下了這個任務，自己也能從旁協助。

如果問題是出在體力上，屆時只要放慢移動速度就可以了。

「要不然，乾脆買輛馬車之類吧。」

「可是到最後只能用完就丟喔。」

「有什麼關係，反正我們有的是錢。」

在我陷入低潮的期間，基斯他們僱了人前往迷宮，取得頭目房間後方那間寶物庫裡的魔力附加品。

轉移迷宮是古老的迷宮，也是眾多冒險者喪命的地方，因此魔力附加品的數量多達數十個。而且他們似乎還剝下那隻九頭龍的鱗片……或者該說貼在皮膚上的魔石。那些都是能夠吸收魔力的魔石。

聽說眾人把這些東西拿去販賣，換得大筆金錢。

「我們打算把能拿得動的戰利品全都帶回去，前往阿斯拉王國變賣。」

基斯邊說，邊把項鏈、戒指之類的裝飾品和塞滿魔石的麻袋都拿給我看。

一想到保羅死了，我也頹靡不振，這傢伙卻還在盤算怎麼賺錢，我就覺得有點不爽。

然而考慮到今後的事情，不去回收反而奇怪。

畢竟錢很重要，還可以讓大家不會做了白工，基斯的判斷是對的。

而且，只顧消沉結果什麼事都沒做的我沒有資格批評什麼。

如果我回到城鎮的隔天就立刻宣布要回去，基斯也會勉勉強強配合吧。

「前輩的份已經交給莉莉雅了。」

關於要怎麼分配的問題，似乎是除了我之外的所有人一起仔細討論決定。

我的份相當多。一方面是因為包括了保羅的份，另一方面是因為塔爾韓德認為這次他自己沒派上用場，所以把一半分給了我。另外，維拉和雪拉也表示保羅過世後應該會很辛苦，因此各自把一半報酬送給莉莉雅。然後，莉莉雅似乎打算把全額都轉讓給我。

我倒是覺得既然大家都各自努力過，能拿到的東西應該要收下就好。

不過算了，我還是接受吧。畢竟今後想必會很辛苦。

「還有，我們有仔細搜查最深處，但是最後還是不知道塞妮絲為什麼會變成那種樣子。」

「是這樣嗎，真是給各位添麻煩了。」

「小事一樁啦。」

我們不知道塞妮絲被關進魔力結晶的原因。不過呢，就算查明原因，能不能透過原因找出治療辦法也值得存疑。不管怎麼樣，治療都要等到回去之後再說了。

「那麼，旅行準備就交給基斯……還有艾莉娜麗潔小姐，能麻煩你們嗎？」

「好。」

「了解。」

只要交給這兩人，想必沒有問題。

我們訂立了周密的旅行計畫。

這次知道路線該怎麼走，在場的所有人也都很習慣旅行。

不過，我不想再增加犧牲者。所以為了避免失敗，要慎重地進行規劃。

收集情報後，我們查出能避開來程那些盜賊的路線。雖然有點繞遠路，但應該不成問題。

只有塞妮絲的狀況讓人擔心，不過這點也很快解決。基斯去買了一輛單人馬車，拉車的是一隻長得很像犰狳的魔物。看起來就是沙漠專用規格的馬車，而且做得很好。

聽說這個犰狳是棲息於貝卡利特大陸東側的魔物，後來受到人類的馴養。價錢有點貴，要用完就丟似乎有點浪費，只是有時還是得棄車保帥。

……乾脆把這隻犰狳也經由轉移魔法陣帶回家好了。

只要能通過樓梯就行得通吧？可是萬一回到北方大地後不適應氣候而死……不，要是把牠丟在那片沙漠裡，再怎麼樣也沒有活路吧？既然那樣，乾脆帶回去賣給那種喜好特殊收藏的傢伙還比較好。

如此這般，我們準備萬全，踏上歸程。

這趟旅程進行得很順利。

我們巧妙地避開了盜賊。

而且既然成員如此齊全，遭遇魔物時的戰鬥也沒有危險。

兩名戰士、兩名魔術師、一名魔法戰士和一名治癒術師。儘管個別的實力頗有差距，不過隊伍組成確實相當平衡。只是……這隊伍裡原本應該還有另一名劍士。

少了左手的事實，在旅途中造成超乎預估的不便。

雖說不會痛，但自己經常會下意識地使用左手，結果就是揮空。另外，沒有用上兩手就不好處理的狀況也不少。

每次碰上那種狀況，都是由洛琪希過來幫忙。自從那晚之後，洛琪希總是寸步不離地跟在我身旁提供支援。她平時走在我的左邊，一旦發生什麼就立刻出手協助，這種行為簡直就像是情侶。

「……」

我是個遲鈍的男人，儘管想要變得敏銳一點，實際上還是很遲鈍。

只是她做到這種地步，我當然不可能還毫無覺察。

我想洛琪希她……大概喜歡我吧。

「……那個，老師。」

某天，負責站哨的時候，我和洛琪希在篝火前並肩而坐。

其他成員在避難小屋裡睡覺。避難小屋很堅固，然而為了以防萬一，我們安排兩人一組輪班守夜。

「怎麼了，魯迪？」

洛琪希的距離很近。她就坐在我旁邊，還整個人靠在我身上。

嬌小的肩膀隔著長袍和我接觸，柔軟又溫暖的觸感傳了過來。

彼此就像是一對情侶。

不，我們做了情侶才會做的行為。

把那天晚上自己沉溺於洛琪希好意的行為形容成「像情侶一樣」或許有點語病。但是總之，洛琪希本人或許真的是那種心態。

她知道我是有婦之夫嗎？可能不知道。

如果知道，我覺得她不會擺出如此明顯的態度。

不，洛琪希怎樣不是重點，問題是我本身。

自己這種行為就是在搞外遇，應該要為希露菲守貞的我卻搞起外遇。

或許該把一切挑明才是正確的做法。

告訴洛琪希……我真的非常感謝，而且也不要緊了。因為實在對不起妻子，彼此就到此結束吧。

「…………」

在這個世界遇見洛琪希之後，我一直非常依賴她。不管是魔術還是語言，都承蒙她的教導。另外要是換個角度來看，可以說是託了洛琪希的福，我才能和札諾巴建立交情。

雖然幫我治好不舉的是希露菲，然而在痊癒前的三年裡，是洛琪希的教誨成了我的精神支柱。所以，我對她實在抬不起頭。

再加上這次，甚至麻煩她用身體來安慰我。

她是第一次，卻挺身幫助了我。

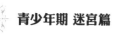

幫助快要陷入絕望深淵的我。
幫助抗壓性低得像是草莓的我。
而且對她自己的心情隻字不提，就只是在幫助我……直到現在也還繼續。
對這樣的她做出類似始亂終棄的行為，真的妥當嗎？那樣是不是太沒有禮貌了？
……不，停止這種假惺惺的自利思考吧。
什麼她幫助了自己，什麼禮不禮貌，其實全都無關緊要。
我喜歡洛琪希，真的非常喜歡。
如果問我比較喜歡洛琪希還是希露菲，我實在無法回答。那是兩種層面有點不同的喜歡。
所以目前這種狀況讓我感到動搖。
這種自己喜歡希露菲，同時也喜歡洛琪希的狀況。
可是……我發誓過要為希露菲守貞。雖然已經違背過誓言，不過誓言依舊是誓言，即使曾經違背過一次，還是要繼續遵守。
沒錯，希露菲是說過我可以帶第二個對象回家也沒關係。
但是我拒絕了那句話，發誓只愛她一個。
毫無疑問，希露菲那時應該非常高興。我不能背叛她。
「那個……其實……我已經結婚了，而且孩子即將出生。所以雖然很抱歉……可以請您……不要再做出這種類似情侶的行為嗎？」

洛琪希的肩膀抖了一下。接著，她低聲開口說道：

「我知道你已經結婚了，艾莉娜麗潔小姐有說過。」

「啊……是這樣嗎……」

知道我已經結婚了，卻還是這樣做。這就代表……怎麼回事？

「別擔心，我心知肚明。魯迪你不需要為此事感到焦慮，因為一切都只是我在你消沉時趁虛而入而已。」

洛琪希用平坦的聲調繼續說下去。

「我知道按理來說，魯迪不會理睬像我這種身材貧瘠的傢伙。」

「怎麼說是貧瘠呢，沒那回事。」

「你不必安慰我，因為我有自知之明。」

或許洛琪希的身材確實算是貧瘠，沒有什麼起伏，而且又很細瘦。在女人味這方面上，大概比希露菲略遜一籌吧。

不過要是換個說法，那只不過是所謂的蘿莉體型。而我是能夠說出「就是那樣才好」的類型。（註：出自漫畫《花之慶次》中主角前田慶次的台詞）

「請放心吧，我不打算厚著臉皮強行闖入魯迪你的生活。我只有在這趟旅行期間會擔任你的左手。等到旅行結束之後，請你不需要在意我的事情，好好珍惜你的妻子吧。」

洛琪希一邊說，一邊有點顧慮地抬眼看我。

「我明白了。」

「……」

可是，自己確實受到洛琪希的幫助，不能只是單方面受了幫助就當沒事了。

「那麼至少……可不可以讓我做些什麼來報恩呢？」

「你說報恩嗎？」

洛琪希驚訝地看著我。

「嗯。只要是我能做到的事情，什麼都可以。」

洛琪希的雙眼裡出現動搖的神色。唔，自己或許說了什麼不太妥當的發言。「什麼都可以」是不是太超過了？不過，畢竟洛琪希對我的幫助可以說是「什麼都付出」的範疇啊。

「呃……那……那麼……」

「是。」

「…………可以聽聽我的辯解嗎，只要聽就夠了。」

「咦？」

辯解？針對什麼事情的辯解？

「好，我明白了。請說。」

「……」

洛琪希沉默了一陣子，才開始一字一句地慢慢說道。

「我啊……其實是一見鍾情。」

「對誰？」

「咦？」

「該不會是對父親吧？」

「不，是對你，在你前來迷宮救出我的那時候。」

彼此再會的時候嗎？當時洛琪希對我的態度太過見外，讓我無法抑制那股猛然湧上的東西。結果我不但突然抱住洛琪希，後來還狠狠吐了。哪裡有能讓她迷上我的要素呢？

我還以為應該是稍微過了一段時間之後的事情。

「畢竟那是不可抗力啊。當時自己瀕臨死亡，已經快要絕望放棄，卻突然有個帥氣男性瀟灑登場，還拯救我脫離危機。就算換成別人身處那種情境，也一樣會臉紅心跳。」

「我看起來帥氣嗎？」

「和我的理想可以說是一模一樣。」

是嗎，和理想一模一樣嗎？我得意到快要憋不住笑意。

「所以後來在探索迷宮時，我也一直看著魯迪的臉。」

「話說起來，我們確實經常對上視線呢，不過老師您總是會立刻轉開。」

「那是因為……和魯迪這樣帥氣的人正面對看會讓人感到害羞。」

原來她那時是害羞啊。

「……我認為那樣下去不行。」

洛琪希繼續慢慢說著。

「我和艾莉娜麗潔小姐他們有在酒館裡討論過……討論你今後該怎麼辦的問題。艾莉娜麗潔小姐和基斯先生認為你不要緊，遲早會自己振作起來。可是，我卻回想起和魯迪一起在布耶納村生活時的光景。」

從這邊開始，洛琪希一口氣講了下去。

「我回想起魯迪你和保羅先生一起練習劍術的光景，還覺得那時候的你們看起來感情非常好。這時，我突然又想到另一件事……想到魯迪你第一次騎馬的反應。那時候的你非常害怕，緊張到身體僵硬，連動都無法動一下。所以我想，這孩子雖然表現成熟又擁有才能，實際上卻很脆弱。接下來，我又想到以前劍術練習時，還有這次探索迷宮時，你和保羅先生之間的互動。看到你陷入低潮，什麼都沒辦法做的模樣，讓我回想起……其實你實際上比外表脆弱得多。也覺得保羅先生的存在對魯迪你來說，或許遠比大家認為的重要。所以我想在保羅先生過世之後，你應該會頹喪不振，甚至嚴重到沒有辦法自己重新振作的地步。

不，當然我並不認為自己能讓你振作起來。畢竟我後來聽說你有心愛的對象，那個人一定是在魯迪陷入低潮時，有能力幫助你再起的人物。可是，對方現在不在這裡對吧？在魯迪最需要幫助的時候，那個人並不在這裡對吧？所以我才會覺得，必須要有個人出面幫助魯迪。

可是，艾莉娜麗潔小姐和基斯先生都打算丟著你不管，莉莉雅小姐也忙著照顧塞妮絲小姐而分身乏術。所以，我才會覺得這下好像只能由自己來做。雖然聽起來完全是藉口，不過我一開始並沒有打算做那種行為。我可以感覺到魯迪你很尊敬我，可是自己的外表條件這麼差。我不知道你的對象是什麼樣的人，不過既然是艾莉娜麗潔小姐的親戚，肯定是位美女，所以我想你不會把我視為那種對象。我的心態頂多只有希望自己的行動能成為某種契機就好，和那方面沒有關係。

可是，實際被魯迪抓住，還近距離地彼此對看後，當然會產生那種念頭，覺得要是順利的話……畢竟我才剛從艾莉娜麗潔小姐他們那邊聽到那種話題，所以才會覺得，說不定自己也會有機會。畢竟也沒辦法啊，因為我就是喜歡魯迪嘛。」

講到這邊，洛琪希落下一滴眼淚。

看到這一幕的瞬間，我的胸口痛到彷彿被挖了一個大洞。

「…………真的很過分，居然已經結婚了。明明知道我喜歡上魯迪，卻事後才告訴我，真的太過分了。」

這句話是對誰說的呢？

不是對我，應該是對艾莉娜麗潔吧。

但是，我自己也沒有向洛琪希報告結婚一事。因為沒有什麼特別的理由該說，也沒有機會讓我可以順便提到。要責備的話，我也是同罪。

可是假設一下吧，如果換成自己和希露菲再會，受到她的幫助，喜歡上她，然後想得很美地發動攻勢，結果卻發現希露菲已經有了對象……我果然也會受到打擊吧。

絕對會受到打擊。

「那個……洛琪希老師。」

……我希望洛琪希能得到回報，她應該要得到回報。

「什麼事？」

可是，我該怎麼做？到底要怎麼做，才能讓她得到回報？我能夠在不背叛希露菲的狀況下，讓洛琪希感到滿足嗎？

「那個……至少在這趟旅行的期間，來實現老師的願望吧？在回到家之前，我成為洛琪希老師的戀人，然後……」

然後能怎麼樣？明明解決不了任何問題。我自己非常清楚這種事情。

對我自己和對洛琪希都沒有任何好處，還會背叛希露菲。

完全是一種只是想暫時應付了事的最差勁提案。

「……這真是非常有魅力的提案。」

洛琪希這樣說完，緊緊抓住我的手臂。

然後，輕輕打了我一巴掌。

「但是，請你不要做出那種事……也沒有必要做任何事。」

「……我知道了。」

沒有必要做任何事。既然洛琪希認為這樣就好，我就聽話照辦。

我過去一直是奉行這種原則，今後也會繼續下去。

這樣就可以了吧，老師？

★★★

一個月出頭後，我們到達集市。

基本上，我還是買了玻璃工藝品等東西作為送給希露菲她們的伴手禮。有外型別致的玻璃瓶，還有刻著民族風格花紋的紅色玻璃髮飾。只能祈禱在途中不要破損。

另外，我買了一些米，要當成種子的米。我並不認為可以順利栽培，但還是想挑戰一下。萬一行不通，就把這些米吃掉吧。

晚上，艾莉娜麗潔帶著女性成員喝酒去了。雖然以年齡來說已經沒有人還能稱為女生，不過這就是所謂的女生集會吧。只有莉莉雅為了照顧塞妮絲而拒絕，其他人包括洛琪希在內都有參加。

當然基斯和塔爾韓德並沒有加入，不過他們也找了一堆理由然後出門去了。

我留下來協助莉莉雅照顧塞妮絲。

塞妮絲從早到晚都在發呆。

她會走路，會吃飯，也會去洗手間。但是不會開口說話，也不會主動做任何事情，簡直像是一個口令一個動作的機械。

但是這樣的她，偶爾會一直看著我。也沒有特別說什麼，就只是目不轉睛地看我。或許看到血親會讓她感覺到什麼吧。

說不定還會因為什麼契機而恢復記憶……嗯，我想沒可能。

這種時候，如果保羅在場會怎樣呢？那傢伙會怎麼做呢？會處理得很好嗎？還是沒辦法妥善因應，結果失敗了呢？

到了深夜，洛琪希過來找我，而且整個人喝得醉醺醺的。她似乎把和我的事情告訴艾莉娜麗潔，藉此發洩了一番怨氣。

我想艾莉娜麗潔的心情也很複雜吧，畢竟她說過把洛琪希視為摯友。說不定艾莉娜麗潔的立場很尷尬，一方面想為洛琪希的戀情加油，另一方面又不想妨礙孫女（希露菲）的婚姻。

洛琪希舉起她那小小的拳頭敲了敲我的胸口，才回到自己的床位。

隔天。

我們到達有獅鷲獸出沒的岩棚。馬車原本上不去，但是我利用魔術強行把馬車搬運到岩棚上。

第一天，害怕獅鷲獸氣味的犰狳不肯前進。我原本以為這下只能把牠丟在集市，不過等我們打倒來襲的獅鷲獸，並由基斯在牠面前吃掉獅鷲獸的肉之後，犰狳似乎察覺到什麼，開始很有精神地踩著重重腳步往前走。

這似乎是某個基斯認識的魔族教他的馴獸方法之一。

說是只要在牠面前打倒天敵並吃掉，就可以讓魔物明白自己隸屬的集團比天敵更強大。

我問基斯教他這些的是不是一個蜥蜴臉的傢伙，他開朗地笑了，還說我不愧是前輩，居然連這個都知道。

在岩棚上前進一整天後，我們來到沙漠。

之後又走了三天，越過沙塵暴。我使用魔術讓沙塵暴停止後，洛琪希有點嫉妒地說：「土魔術也到達聖級了嗎？真了不起。」

接下來會出現大量魔物，大家也提高警覺前進。話雖如此，這次的人數很多，而且都是老手。就算有一兩個人碰上危險，也會有其他人立刻提供支援。不只迅速擊破來程時避開的沙塵金翅鳥(Sand Garuda)，甚至連跟在金翅鳥後面出現的暴龍型巨大蜥蜴也予以打倒。

我原本以為途中的沙蟲有可能造成威脅，不過基斯卻事先把牠們全都找了出來。好像有什麼特殊的訣竅。

他說地面上會隱約出現甜甜圈形狀的隆起，只要注意那個地方就可以立刻找到。然而沙漠的地面並不平坦，大多數情況我都覺得難以判別。這也是所謂的經驗嗎？

當然也碰上女性夢魔來襲，同樣順利擊破。因為女性成員很多，沒有導致陷入苦戰的要素。

我和基斯雖然中了費洛蒙的毒害，但是有中級解毒，沒有造成問題。嗯，頂多是我稍微暴露出本性，還打算襲擊洛琪希。

令人驚訝的是，費洛蒙對塔爾韓德完全沒有效果。

雖然塔爾韓德一副理所當然的態度……不過，這果然就是所謂的健全的精神寓於健全的肉體嗎？真帥。

最後，我們到達遺跡。按照當初的計畫，我在遺跡前要求艾莉娜麗潔以外的所有人都蒙上眼睛。雪拉不太願意，但是維拉說服她接受。

蒙起眼睛其實也沒有多少作用，不過只要沒看到魔法陣，就不會明白發生了什麼事。

因為馬車沒辦法通過入口，所以直接丟棄。之後大約要走一星期的路程，塞妮絲應該勉強可以應付吧？況且已經來到這裡，後續時間拖晚一點也不要緊。

犰狳可以通過入口，因此我把牠也一起帶了進來。儘管不確定牠能不能適應那邊的氣候，但總比丟在這裡結果被魔物吃掉好吧。

拿掉蒙眼布之後，基斯他們都因為截然不同的環境而大吃一驚。

畢竟從沙漠突然來到森林中，當然會感到很訝異。

我嚴正要求他們就算察覺到這是發生了什麼事，也絕對不可以外傳。

不管怎麼樣，我們就這樣離開了貝卡利特大陸。

再堅持一下子就可以到家。

# 第十三話「歸來」

北方大地已經在飄雪了。

從這邊出發踏上旅程後，過了大約四個月。

秋天和獸族的發情期都早已結束，正準備進入漫長的冬季。

瘤胃森林裡也堆著可以淹沒腳踝的積雪。要是再晚一個月回來，積雪恐怕會深度及腰。那樣一來，移動到夏利亞的這段路程肯定也會變得很困難。

「由我和艾莉娜麗潔小姐負責帶路。」

我做出指示後，走在隊伍的最前方。

要是途中出現什麼就一路掃蕩過去吧，魔力沒有問題。塞妮絲也跟著大家往前走，並沒有抱怨很累。犰狳雖然冷到發抖，不過只要時時用魔術幫牠升溫就不要緊。

我心裡想著不會有任何問題，同時繼續前進。

那天晚上，負責站哨的人是我和艾莉娜麗潔。

「魯迪烏斯，我有話要跟你說。」

她突然這樣開口。其實自己已經隱約察覺艾莉娜麗潔想找我談什麼，想來是洛琪希的事情吧。

我來到她面前，直著身體跪坐。

這是一旦遭受責備就可以立刻磕頭請罪的姿勢。

艾莉娜麗潔則是側著身子坐下。不知道她會罵我什麼，是要針對我沒把希露菲當一回事的舉動？還是要針對我跟洛琪希上了床的行為？

「魯迪烏斯，你……不是米里斯教徒吧？」

「……？」

結果，艾莉娜麗潔的第一句話卻和那兩件事都無關。

我不確定她說這句話到底有何用意。然而對我來說，能稱為神的對象在世上僅有唯一。

無論是以前還是現在都沒有改變。

「我不是。」

「果然不是呢。那麼，希露菲也不信米里斯教吧？」

「嗯，應該是那樣沒錯。」

希露菲沒有宗教信仰。

或者該說，在我認識的人們當中，大概只有克里夫是虔誠的米里斯教徒。

克里夫的脖子上掛有米里斯教團的象徵物，而且好像每七天就會去鎮上教會參加類似彌撒的活動。

至於希露菲，她沒有掛著米里斯教團的象徵物，也不會前往教會。

不過畢竟比較對象是克里夫，所以希露菲還是有可能信奉米里斯教，不過至少我沒聽她提過那種事。

「我的克里夫是虔誠的米里斯教徒。」

「是啊。」

我正好也聯想到克里夫，因此馬上附和。

「你知道嗎？所謂的米里斯教徒必須遵守只能娶一名妻子的教規。」

「好像是那樣。」

「雖然要求教徒必須終生愛著那名妻子的教規有點死板，不過一旦站在被愛那方的立場，會覺得這實在是一個美好的教義。」

我想也是。全心全力愛著一個人，同時享受對方回饋的愛，當然是非常美好的事情。本應如此，我的變動型花心卻偏向了洛琪希。我喜歡洛琪希，這一點毫無疑問。

然而，悲慘的不舉時代也還歷歷在目。是希露菲把我治好，還帶給我美滿的生活。所以我想拿出自己能夠回報的所有愛情來回應她，這種心情同樣也是無可置疑。

「可是，魯迪烏斯。」

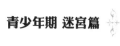

「是。」

「我並不認為同時愛著複數對象的行為有什麼不對。」

「我可以想見艾莉娜麗潔小姐應該是如此認為，但那樣難道不是欠缺忠誠的行為嗎？」

聽到我的反問，艾莉娜麗潔搖了搖頭。

「如果你拋棄希露菲當然是另當別論，不過只要你有好好愛著她，就不算是不忠。」

「可是，對象一旦增加成兩人，能分給每個人的時間精力就會減少為一半。」

「反正你們本來就沒有整天都膩在一起吧？所以不會減少成原本的一半，或許確實會少一點，但也只有那樣。」

既然會減少，不就會造成問題嗎？人類對增加的部分通常沒什麼感覺，但是對減少的部分卻很敏感。

萬一讓希露菲認為我沒有以前那麼愛她，那可是個大問題。

「你試著回想一下吧。保羅娶了莉莉雅之後，塞妮絲有變得不幸嗎？」

怎麼講到幸不幸福上面去了……我總覺得論點似乎有點偏移。不過聽艾莉娜麗潔這樣一說，塞妮絲確實沒有變得不幸，而是跟往常一樣。反而和莉莉雅變得比過去更要好，看起來似乎比以前還要幸福。倒是保羅會受到兩個妻子攻擊，說不定算是變得有點不幸。不過，那也是幸福的一種形式吧。

只是，那種幸福已經回不來了。

「……所以到頭來，艾莉娜麗潔小姐妳到底想表達什麼？」

我開口發問。因為回想起保羅的事情，現在心情有點低落。要是繼續講下去，說不定會更加傷心。所以，我想直接知道結論。

「魯迪烏斯，我要你娶洛琪希為妻。你喜歡她對吧？」

聽到這句話，我有點火大。

「……妳是認真的嗎？」

「嗯，當然是認真的。」

「艾莉娜麗潔小姐，妳該說這種話嗎？身為希露菲祖母的妳，必須祈願希露菲過著幸福生活的妳，該說這種話嗎？」

我沒有責備艾莉娜麗潔的權利。實際上劈腿的人是我自己。違背了和希露菲之間的誓言，跟洛琪希發生關係。無論原委為何，事實都是如此。

然而，我還是忍不住用上責備的語氣。

「沒錯，我要說那種話，因為只有我能說。」

艾莉娜麗潔以傲然的態度看著我。

「我知道不該用這種說法，但是我在成為希露菲的祖母之前，就已經是洛琪希的摯友。」

我一瞬間沒有聽懂這句話是什麼意思。

不過，我很快就察覺這是在說相遇的順序。艾莉娜麗潔先遇上了洛琪希，然後才見到希露菲。

「老實說，現在的洛琪希實在讓人看不下去。那孩子明明很想毫不客氣地深入你的生活，對你盡情撒嬌，現在卻打算退出。而且只是因為自己和你重逢的時機太差而已。」

這樣聽起來，洛琪希確實很可憐。可是站在希露菲的立場來考慮，希露菲也很可憐。

「那孩子要是就這樣和你分開，一定會經歷非常悽慘的人生。甚至有可能會被壞男人欺騙，遭到粗慘對待，最後被賣到妓院抵債，生下連名字都不知道的陌生男人的孩子。」

「這未免太誇張了吧？」

「我認識走上那種人生的女性。」

艾莉娜麗潔的聲調相當認真，該不會是她自己的親身體驗吧。

「我啊，希望洛琪希可以幸福……就算只是小小的幸福也好。」

「是啦，我也一樣，但是……」

「魯迪烏斯，你辦得到，你可以給希露菲和洛琪希平等的愛。畢竟你可是保羅的兒子，應該具備這種程度的能力與志氣。」

我辦得到嗎？辦得到吧。嗯，沒錯。因為，我對兩人的喜歡差不多相等，沒有可能做不到。

但是，這樣真的好嗎？講出這種只顧自己的發言。

這種對自己來說太過稱心如意的發言。

不行……這是惡魔的低語，我不能隨便聽信。

「不，我只對希露菲——」

「這件事我本來不打算告訴你。」

艾莉娜麗潔開口打斷我的話，然後平靜地說道：

「在集市喝酒時，洛琪希說過那一天沒有來。」

「…………咦？」

那一天是指什麼……？

不，不用裝傻了……咦……可是……

「算了，目前還沒有確定就是了……」

我們是做過那種行為。那麼，確實有可能。

還有，那一天……洛琪希以無力的拳頭敲打我的胸口。那該不會是某種暗示吧？

艾莉娜麗潔彎腰仔細看著我的臉。

「魯迪烏斯，如果洛琪希有了孩子，你打算怎麼做？」

聽到這句話，我腦中回想起保羅過去的身影。對，就是搞大莉莉雅肚子的時候。那時候的保羅很沒出息，他做出沒辦法選擇任何一邊的行動，結果是我出手幫忙。

我現在認為保羅是個值得尊敬的男人。但是，自己不能仿效那種行為。

「……我會負起責任。」

「你要怎麼負責？」

「和她結婚。」

我開口宣布自己要和洛琪希結婚。

把這句話說出口後，有種想通一切的感覺。

我喜歡希露菲，但是，也想和洛琪希共結連理。我不願意看到洛琪希被哪個人搶走，想讓她屬於自己。

真是太自私了。明明我對希露菲說過那種話，還讓她懷了孩子，結果現在又想要別的女人。這根本是不可原諒的行徑吧。

會有這種念頭的傢伙根本是人渣。至今為止，我曾經多次指責保羅是人渣。然而，我也是男人。既然喜歡上兩個女性，而且兩邊都想得到，那麼，我是不是至少可以努力同時得到兩人呢？

就像保羅那樣。

就算這樣會導致希露菲對我幻滅，接著又被洛琪希拋棄，最後兩人都離自己而去，我還是要努力看看。

啊，對了。這不是我一個人的問題。

「……可是，洛琪希老師和希露菲會不會同意就是另一回事吧？」

「也對，那我去叫洛琪希。」

「咦？」

艾莉娜麗潔說完就站起身來，迅速走進搭在附近的帳篷。

沒多久之後，洛琪希一個人出來了。

她的臉上沒有睡意，而是以緊張表情看著這邊。或許是艾莉娜麗潔已經和她說了什麼。

「你要和我說什麼呢，魯迪？」

洛琪希來到我面前端坐，受到她的影響，我也坐直身子。

該怎麼說才好？進度有點太快，我還沒想好任何說詞。不，根本沒有必要思考。自己對洛琪希的好意並不是思考以後才會產生的感情。

「那個，我想我很久以前曾經說過。」

「嗯。」

「我……喜歡老師，從以前到現在都一直喜歡老師。而且不只喜歡，也很尊敬老師。雖然您似乎很在意自己的魔術沒有我好，但是那無關緊要，因為老師的教導曾經救過我很多次。正是因為有老師，我才能活到現在。」

洛琪希一下子就面紅耳赤，我想自己的臉應該也沒有好到哪裡去。

直接面對面表白實在讓人難為情。

「呃……謝謝你。」

「不過那個……怎麼說，我已經有妻子了。」

「嗯，我知道。」

這時候是不是該說：「請成為我的第二個妻子」呢？這種話是不是太沒禮貌了？我想不到更好的表達方式，怎麼辦？不過，我還是要說出口。不管換成什麼表達方式，結果還是一樣。我不會和希露菲分手，還進一步想得到洛琪希。而且，我沒有事前找希露菲商量，也就是要強制希露菲事後吞下去。

完全是人渣幹的勾當。

可是，我現在必須先表白心意，否則洛琪希說不定會離開。她是事情結束後會立即踏上新旅程的類型。如果自己沒有留住他，或許會錯過時機。

……算了。與其將來才悔不當初，我寧願直接當個人渣。

「我的妻子名叫希露菲葉特．格雷拉特。不過她原本沒有姓氏，單純叫作希露菲葉特。」

「嗯，我聽說過。」

「那麼洛琪希，妳有沒有意願把名字改成洛琪希．格雷拉特呢？」

洛琪希一瞬間露出懷疑的表情，不過大概是立刻理解這句話的意思，她舉起手摀住嘴巴。

可是，又隨即恢復成平靜的表情。

「……我非常感謝你對我說這句話，但是，可以不必取得夫人的同意嗎？」

當然，這件事一定要告訴希露菲，因為會多一個陌生人成為家人。也得和妹妹們說明才行。

還有莉莉雅那邊也是，必須跟她報告一聲。

「我必須徵得她的同意。」

「那麼——」

自己要被甩了，洛琪希果然希望我只選她一個人。

當這種想法從腦中一閃而過時……

「那麼，請你在徵得同意之後，再問我一次。」

在紛飛的雪花中，洛琪希以認真表情這樣告訴我：

「之後，再問一次」。

她沒有拒絕的事實，讓我的身體發熱。

我們越來越接近魔法都市夏利亞。

我把自己和洛琪希的事情告訴莉莉雅。

她還是一如往常地面無表情，只回答一句：「是這樣嗎，我明白了。」

並沒有特別責備我，是因為她本身的立場和洛琪希相同嗎？

不對，是因為基本上，大概只有米里斯有那種一夫一妻的文化。

不管怎麼樣，和洛琪希訂下承諾，也得到莉莉雅的理解後，我感覺放下了一個心頭重擔。

接下來只剩下回家，向希露菲她們報告這趟旅程的原委，然後為洛琪希的事情低頭道歉。

一想到要向愛夏和諾倫說明保羅和塞妮絲的事情，我就滿心憂鬱。

然而，她們也必須接受這個事實。

諾倫會生氣嗎？會責備我嗎？

希露菲會哭泣嗎？會責備我嗎？

我不打算逃避。無論會有什麼結果，我都不後悔。

「……後悔？」

這時，我心裡突然有一股不安浮現。

是關於人神的預言。

那傢伙說過我會「後悔」。

保羅死了，塞妮絲成了廢人，自己少了左手……我確實失去很多東西。

然而不可思議的是，現在的我並不感到後悔。可以說是託了洛琪希的福，讓我不至於陷入後悔。

我心裡的確抱著如果自己更強或許就會有不同結果的想法，也質疑過自己為何不更深入鑽研劍術，為何實力沒有堅強到可以打倒那隻九頭龍。

然而與此同時，覺得「實際上就是辦不到」的心情也很強烈。因為我在這個世界裡，對於戰鬥方面並不是那麼有才能。沒辦法讓所謂的鬥氣纏身，也一直不懂到底該如何做。既然無法讓鬥氣纏身，劍術似乎也不可能進步。而且這次的對手又是魔術無效的九頭龍，就算我有努力學會王級魔術，恐怕也沒有意義。當然，或許還有什麼其他辦法……

所以，我對這件事並沒有什麼後悔。

保羅死了。不過，這件事促成我重新審視自己的過去。雖然讓其他人多辛苦，也讓大家擔心，然而以結果來說，我想還是有對自己帶來正面影響的部分。

所以如果講到有什麼情緒，那並不是後悔。

而是悲傷。

只有悲傷，我在貝卡利特大陸上只留下了悲傷。

正因為如此，我突然想到。

該不會是接下來才會感到後悔吧？

例如……留在家裡的妹妹們發生了什麼事。

快點回想人神的發言。他說過要我和莉妮亞與普露塞娜怎樣又怎樣，這是不是在暗示她們手上有什麼？是不是在叫我必須獲得她們的幫助，然後去解決什麼問題呢？

還是說，難道……該不會是懷孕的希露菲她……

會讓自己後悔的事情已經只剩下這些了。

雖然心裡抱著不安，前進的速度卻無法加快。因為天候變差，雪也越下越大。其他成員還不要緊，可是塞妮絲似乎很辛苦，所以我用土魔術製造出臨時背架，讓她坐在背上。

犰狳好像也覺得很冷，果然還是該把牠留在沙漠裡才對嗎？

不，事到如今已經太遲了。至少要先取個名字，讓牠隨時可以離去吧。

嗯，次郎，就叫次郎吧。加油啊，次郎。（註：次郎和犰狳在日文中有部分同音）

去程時我和艾莉娜麗潔只花了五天，現在要十天以上才能走完這段路程。

回想一路以來的經歷，其實也不能算是很久。

然而，我卻覺得這段路是這趟旅程中最漫長的部分。

★　★　★

我們抵達魔法都市夏利亞。

我一直線往自家前進，可以感覺到自己步伐越踏越快。

「喂！前輩，你怎麼了，臉色這麼難看。是不是用一下解毒魔術會比較好？」

基斯擔心地對我搭話。

但是我沒有理會他，只是不斷前進。

「哦，這裡就是城鎮中心嗎？總之，我們去找間旅社吧。也不能這麼一大群人都跑去打擾前輩家——」

後面有人在說話，不過我沒有聽進耳裡。

「喂！前輩你有在聽嗎……前輩？喂！魯迪烏斯！」

不知何時，自己已經跑了起來。丟下所有人，一個人朝著家裡跑去。

在生活了一年以上，已經很熟悉的道路上奔跑。路上行人都好奇地看著我。

雖然腳步踉踉蹌蹌，我還是繼續跑。身體的平衡度實在很差，或許是因為少了左手，沒辦法順利往前跑。

在我差點跌倒時，有個人把我扶住。

「你這是在急什麼？」

是艾莉娜麗潔。

「不，只是有點事情……」

「……怎麼了，看你從先前開始就這麼慌張。是不是出什麼事了？」

「呃……不，那個，不知道為什麼，我總覺得希露菲有危險。」

「危險？有什麼理由嗎？」

「沒有是沒有……」

我甩開艾莉娜麗潔，再次踩著急急腳步往前走。我想盡早解除這份不安。

自家已經近在眼前。正常來說，希露菲的肚子應該已經很大，也會待在家裡。或者……該不會已經生了吧？那樣的話就是早產。萬一早產，該不會……有沒有早產都可以，隨便怎樣都可以，我只希望不要再發生討厭的事情。

總算到達家門口後，看起來和出門前沒什麼差別，只是現在積了雪，還有院子裡似乎多了一些樹木和盆栽。是愛夏的興趣嗎？感覺變得熱鬧漂亮一些了。

我從行李中取出鑰匙，塞進鑰匙孔裡轉了幾次。鑰匙很冷，我的手也在發抖。沒辦法開鎖，鑰匙轉不動。

「嘖！」

我把手伸向門環。然後用力敲響像冰塊一樣寒冷的門環。

「門會不會根本沒鎖？」

聽到背後的艾莉娜麗潔這麼說，我握住門把。

轉著門把一拉，大門就打開了。未免太欠缺警覺性了……這樣想的我正準備踏入家中，卻和一個原本打算從內側開門的人物視線相對。

「咦……哥哥！」

「愛夏……妳沒事嗎？」

「什麼沒事？」

愛夏愣了一下，來回看著我和旁邊的艾莉娜麗潔。

接下來，她看向我們的後方。我也回頭一看，只見正在喘氣的洛琪希也跟來了。總之，我把手放到愛夏的肩上。愛夏大概是覺得右肩的感覺有哪裡不太對勁，轉頭看了那邊一眼，卻因此瞪大雙眼，還滿臉訝異地來回看著我的手和臉。

「咦，這是怎麼回事？哥哥，你的手──」

「妳沒事，那希露菲呢？」

「咦？咦……那個，希露菲姊姊就在那裡啊。」

聽到這句話我才發現。

愛夏身後站著還沒弄清楚狀況的希露菲。

她的肚子已經變得相當大了。啊，胸部也有點變大。現在大概是七八個月了吧？是不是開始分泌母乳了？不，那種事情現在不重要。

「魯迪……你……你怎麼了？」

「希露菲，妳沒事嗎？沒發生什麼事情嗎？」

「咦？嗯，大家都對我很好，愛夏也很努力。」

希露菲平安嗎？也對，一看就知道了。

「其他還有誰……諾倫呢？莉妮亞和札諾巴他們也沒事嗎？」

「咦？沒發生任何事喔。」

「沒有任何人生病或受傷吧？」

「啊，嗯……沒發生什麼特別的事情……」

希露菲一臉不知道我在說什麼的茫然表情。看到她的反應……

讓我總算確定，真的什麼事都沒有發生。

「哥……哥哥……？」

回神之後，才發現愛夏的臉出現在高處。

她長高了不少。不對，是我自己跪倒在地。
「是嗎……」
我覺得全身無力。
結果所謂的後悔，是指保羅的死，還有關於前世雙親的事情。
是我自尋煩惱。
「呼……」
打從心底這樣認定後，我放心地呼了一口氣。
「太好了。」
這時，希露菲慢慢地走了過來，把手放到我的肩上。
我可以感覺到她溫暖手掌帶來的熱度正慢慢地在肩膀上往外擴散。希露菲隨即蹲了下來，以輕柔動作緩緩伸手摟住我的背。我也把手伸向她的背後，雖然覺得少了左手會讓自己無法將她好好抱在懷裡，不過還是用力摟緊。希露菲那熟悉的氣味傳了過來。
「魯迪……歡迎回家。」
保羅的事，塞妮絲的事，還有洛琪希的事。有很多事情必須告訴她們。
而且，還得去迎接被我丟在廣場的那些人。因為我自己一個人跑了。
我太焦急了，既然什麼事都沒發生，早知道應該慢慢來就好。
可是，首先，有句話一定要說。

「我回來了。」

自己終於到家了。

## 第十四話「報告」

到家之後，過得有點慌亂。

首先，愛夏跑去學校叫諾倫回家。

洛琪希可能是為我著想，或是覺得在這裡會坐立難安，所以回去叫基斯他們。

艾莉娜麗潔看起來很想立刻衝去見心愛的克里夫，不過忍了下來。

在他們到達之前，我找希露菲詢問自己離家期間的狀況。

希露菲似乎很想先打聽我這邊的詳情，不過她並沒有抱怨，還是回答了我的疑問。

首先是關於她本身的狀況，目前好像一切順利。按照醫生的判斷，孩子應該會在預產期出生。

其他人似乎也過得很好。

學校前陣子好像發生了一些小事件，聽說是七星出面解決。

那傢伙居然為了這個世界的人付出行動，是不是心態有點改變了？

兩個妹妹也沒有受傷或生病，每天平安健康地生活。

愛夏對園藝的興趣似乎越來越升溫，連房間裡也開始栽培起新的植物。下次請她讓我看看吧。

諾倫聽說在學校裡慢慢成了偶像之類的存在，甚至還出現粉絲同好會。這很正常，畢竟諾倫這麼可愛。

至於札諾巴、克里夫，莉妮亞和普露塞娜等人好像偶爾會前來探望一下。另外，愛麗兒抱怨過我居然沒去向她致個意。這樣說起來，我在動身前的確是忘了去跟她打聲招呼，下次得去陪個不是才行。

總而言之，根據聽來的消息，所有人似乎都過得很好。

自己必須找個機會，依次和這些人報個平安。

不過，唯一的例外是巴迪岡迪似乎依舊不見蹤影。算了，我也不認為不死身的那傢伙會出什麼事。

希露菲用手指抵在下巴上思考這半年來發生過什麼事的模樣還是像以前一樣可愛。

「真的沒有任何人出任何事情吧？」

「嗯，我想沒有發生過會讓魯迪擔心的事情。」

「這樣啊。」

「比起這些事，也跟我說明一下魯迪你那邊的狀況吧。到底發生什麼事？」

「嗯，我會好好說明。不過，還是等大家都到齊之後再說吧。因為這邊發生了很多事。」

「……嗯。啊，大家好像回來了。」

我們說到這裡時，洛琪希正好帶著其他人抵達。

基斯、塔爾韓德、莉莉雅、維拉、雪拉、艾莉娜麗潔、洛琪希，還有塞妮絲。

再加上我和希露菲，總共十人。即使有這麼多人，我家的寬敞起居室空間也還有餘裕。

「哦？這位就是前輩的夫人嗎？很可愛嘛，前輩真是幸運。」

「這是我的孫女。」

「哎呀，居然有個淫亂老太婆當拖油瓶，實在真是美中不足。」

「你說什麼！」

其他人沒理會吵架的基斯和艾莉娜麗潔，一個個向希露菲致意。

希露菲有點拘謹，但還是分別回應眾人。

「妳好，我是洛琪希……米格路迪亞。」

「洛琪希……您就是魯迪總是引以為傲的那位師傅大人嗎？」

「嗯，姑且算是……不過我並不是優秀到值得魯迪誇耀的人物。」

「初次見面，我經常聽魯迪提起您。我叫希露菲葉特，很榮幸能和您見面。」

「我……我才是……」

洛琪希似乎有點尷尬。

這也難怪，畢竟我們才談過那些話題。

不過，那件事之後再說。

「好久不見了，希露菲葉特少奶奶。」

「莉莉雅小姐，好久不見！」

莉莉雅畢恭畢敬地對希露菲低頭行禮。

希露菲似乎很高興再度見到莉莉雅，臉上帶著笑容。不過，立刻又變成苦笑。

「那個……希露菲葉特少奶奶這稱呼有點……能請您和以前一樣叫我希露菲嗎？」

「不，既然您已經和魯迪烏斯少爺結婚，就不能跟以前一樣了。」

「是……是這樣嗎……」

希露菲似乎感到很惶恐。她說過家事方面全都麻煩莉莉雅教導，換句話說，莉莉雅對她來說是類似師傅的人物，等於洛琪希之於我。那麼，希露菲當然會尊敬莉莉雅。

「那個……塞妮絲阿姨也是好久不見了。」

最後，希露菲主動對塞妮絲搭話。

「……那個……塞妮絲阿姨？」

「……」

對於希露菲的呼喚，塞妮絲只是繼續發呆。

「呃……」

希露菲以困惑表情看向我。

就像在問塞妮絲是不是反對我們結婚。

「希露菲，關於父親和母親的事情，等諾倫回來之後我會說明。」

「說起來，沒看到保羅先生呢……」

聽到我這麼說，希露菲開始尋找保羅的身影。不過她在途中注意到周圍沉痛的表情，似乎察覺到了什麼，於是閉上嘴沒有繼續追問。

在諾倫回來之前，室內是一片沉默，

一切都要等所有人到齊之後再說，這是眾人之間沒有明言的默契。

不久之後，愛夏和諾倫回來了。兩人都連連喘氣。

「哥……哥哥，長途旅行辛苦了！」

諾倫一邊大口喘氣一邊對著我低下頭，剛好看到我的左手，忍不住瞪大雙眼。

「哥哥……你的手不要緊嗎？」

「不要緊。雖然不太方便，但是不會痛。」

和接下來要說出口的內容相比，我的左手根本不是什麼大事。

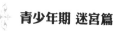

「是……是嗎……」

還在喘氣的諾倫東張西望地看了看四周，不解地「咦？」了一聲後找了張椅子坐下。至於愛夏則是來到我身邊主動問了一句。

「……哥哥大人，在正式開始之前，是不是先上茶給客人會比較好？」

「也對。畢竟會講很久，麻煩妳了。」

「啊，對不起，這是我該先處理好的事情……我也來幫忙。」

「不，夫人您坐著吧。」

聽到我的吩咐，愛夏立刻開始行動。她為所有人送上茶水，把各自的行李全都集中到同一處，拿出衣架掛起被雪沾濕的外套，還準備好拖鞋請所有人脫下靴子，然後把濕掉的靴子放到壁爐旁邊烘乾。

雖然也沒有什麼原因，我還是觀察起她的行動。

這樣做的人不只我一個，莉莉雅也一直盯著愛夏的身影。話說起來，待在拉龐時，這種時候忙著工作的人總是莉莉雅。

現在的她，即使是在剛剛大家都一言不發的期間也沒有做任何事。這種狀況真罕見。

「愛夏。」

等到愛夏的工作告一段落時，莉莉雅對著女兒開口。

「是。請問有何吩咐，母親大人。」

「妳似乎有確實克盡己職，沒有給魯迪烏斯少爺造成麻煩。」

「是。」

「雖然魯迪烏斯少爺和妳有著血緣關係，不過他也是妳的救命恩人。今後，妳要繼續盡好侍女的本分，千萬不可以鬆懈。」

「是，母親大人。」

愛夏的回答很制式，莉莉雅的態度也很公事公辦。

這不是母女間該有的對話。畢竟彼此隔了這麼久才相見，我是覺得聊一些……更加溫暖人心的會話也沒關係吧？

不，莉莉雅這樣做可能是一種自我節制的行為。

畢竟接下來必須說明讓人難受的事情。

「既然所有人都到齊了，那麼我們開始吧。」

雖然我有點提不起勁，不過這是自己必須負責說明的事情。因為保羅已經不在了。

「那個……哥哥，爸爸他還沒到……」

諾倫很不安地發問。

她應該會生氣吧。

當初諾倫哭著要我去幫助父親，我也回答說可以交給我。

結果，現在卻要收到父親的死訊。她是不是會責怪我呢？

如果諾倫要責怪我也沒關係，因為是我沒辦法達成她的心願。

我環視所有人，然後開口說道：

「父親……保羅．格雷拉特過世了。」

「咦……？」

諾倫發出困惑的聲音，希露菲則是帶著悲痛表情低下頭。

愛夏瞪大雙眼，用力握緊拳頭。

「這是他的遺物。」

說完，我把保羅的裝備一件件放到桌上。

劍、短劍、鎧甲和骨灰罈，僅僅只有四件遺物。

「……為……為什麼！」

諾倫站了起來，大聲逼問我。

「哥哥不是過去了嗎！為什麼爸爸還會死！」

「對不起……是我的能力不夠。」

「可是哥哥你明明……！」

諾倫邊吼叫邊衝了過來，大概是想要抓住我的前襟。

然而，她的氣勢卻急速消退。

「……」

因為她又注意到我失去的左手。

諾倫的視線在遺物、我的左手，以及我的臉上來回移動。

轉眼間淚水已經盈滿眼眶。

我用右手遮擋住左手，然後繼續說道：

「我接下來會詳細說明。」

「…………嗚嗚……嗯。」

愛夏從諾倫後方抓住她的肩膀。

「諾倫姊，現在先……」

「妳別管我，我知道啦……！」

諾倫揮開愛夏的手，回到自己的位置上。

愛夏有點不知所措地原地呆站了一下，不過很快就回到希露菲後方。

「那麼，一開始是——」

我簡明扼要地說明了發生的事情。自己和艾莉娜麗潔一起趕往拉龐，在那裡和保羅再會。

根據打聽到的塞妮絲情報，我和保羅他們一起挑戰轉移迷宮。到途中都很順利，卻在遇上守護者時陷入苦戰，我失去左手，保羅因此喪命。雖然成功救出塞妮絲，但是她卻成了廢人狀態。

途中，我一邊讓基斯幫忙補充說明了幾次，同時慢慢地一件一件敘述。

最後，諾倫開口發問：

「也就是說……爸爸和媽媽都沒有得救嗎？」

「……沒錯。」

我緩緩點頭回應她這句話後，總覺得諾倫的頭髮似乎一口氣倒豎起來。

但是，她並沒有爆發。諾倫只是緊咬著下唇，一直看著我的左手。

「哥哥你……有努力過了吧？」

「我自認已經竭盡全力。」

「既然哥哥已經努力過還是不行，那麼不管換誰去……」

諾倫平靜地想要表達意見，但是淚水卻迅速累積。

「一定……不管怎麼做都不行……爸爸他……死了……嗚……嗚哇啊啊啊啊！」

豆大的淚珠一旦滾落，就再也沒有停住。

諾倫哭了，大聲痛哭。

她的哭聲讓人也感到錐心。

每個人都帶著沉痛表情聽著她的哭聲。

諾倫嚎啕痛哭了好一段時間。

她哭著，哭著，一直哭個不停。

就像是要替其他人把沒有哭出來的悲傷都一起宣洩掉。

我們只是默默聽著她的哭聲。

「……嗚嗚……嗚……」

過了一陣子，諾倫總算停止哭泣。她的雙眼紅腫，喉嚨還繼續發出抽搭聲。

不過，她卻以帶著一個決心的眼神看向我。

「哥哥……」

「什麼事？」

「這把劍……嗚……可以……由我來保管嗎……？」

諾倫指的是保羅的愛劍。

在我出生時，就已經跟在保羅身邊的劍。

保羅一直帶著這把劍，片刻不離。

「嗯……也好，交給妳保管吧。但是，不可以隨便使用。」

「……？」

「要記得不能因為手上有劍，就誤以為自己變強了。」

好像是在我五歲生日的時候吧？保羅送給我一把劍，然後講了類似的大道理。

「……知道了。」

諾倫說完，把劍抱在懷裡。

我認為她是個堅強的孩子。面對這種即使把自己把關在房間裡哭個不停也很正常的狀況，諾倫卻能夠好好正視保羅的死。和必須靠著洛琪希幫助才能勉強爬出低潮的我真是天差地別。

實在是個堅強的孩子。

至於其他遺物，我們決定由家人來分配。

愛夏選了短劍，我是鎧甲。
至於骨灰罈，我打算找個墓地埋葬進去。
然而這時塞妮絲卻突然動了，而且還拿起鎧甲。
「……母親？」
「……」
就算開口呼喚，塞妮絲依舊一句話都不說。她還是老樣子，宛如廢人那般茫然發呆。可是，塞妮絲剛才的行動就像是明白現在是什麼場面，那只是偶然嗎？
不，或許塞妮絲自身的核心部分還殘留著。
不管怎麼樣，雖然演變成我手邊沒有留下遺物的狀況，不過也沒關係。
因為自己已經從保羅那裡得到很多。
「那麼，接下來是關於母親的事情。」
我重新說明了塞妮絲的現狀。
也就是她喪失了記憶，現在是精神幾乎掏空的狀態。
「沒辦法治好嗎？」
聽到希露菲提問，我搖了搖頭。
「不知道。」
基本上，我打算今後會帶塞妮絲去給醫生和治癒術師看看，不過，我從來沒聽說過有能治

好失憶症的治癒魔術。

而且仔細想想，我們連原因都無法釐清。被關在魔力結晶內，救出後喪失記憶，說不定跟缺氧症有點類似。儘管無法斷定，然而能治好的機率恐怕很低。

這個世界的醫療技術無法治療腦部受到的傷害。

至少我已經試過上級治癒魔術，但是並沒有治好塞妮絲。漫畫裡面雖然出現過喪失記憶時只要給予同等衝擊就能讓記憶恢復的橋段，不過我當然不能拿塞妮絲做實驗。

只是，保羅是為了救她而死。所以對塞妮絲來說，恢復正常神智真的是一種幸福嗎？塞妮絲她一定會感到自責，覺得要是保羅別去救自己有多好。

如果真是那樣，是不是不要恢復記憶還比較幸福？

……不，沒那回事。起碼自己必須先努力尋求對策。

「不管怎麼樣，母親她需要治療以及特別的照顧。」

如果前世的雙親沒有死去，上了年紀以後變得臥床不起，我大概也要照顧他們吧。

「我想安排母親也一起住在這個家裡。」

為了避免打擾到我的生活，莉莉雅原先打算另外租房。

她說因為有破解轉移迷宮後獲得的財富，應該可以在這個城鎮生活十年以上。

然而，我拒絕這個提案。那種行為怎麼能接受，死去的保羅也不會允許吧。應該由剩下的家人一起照顧塞妮絲才對。

「關於照顧母親的事情，我打算交給莉莉雅小姐全盤負責，不過一些小地方可能要麻煩大家幫忙。」

「知道了，我也會好好加油。」

希露菲很乾脆地接受了這個安排。

其他人似乎也都沒有異議。當然，我不打算讓任何人有異議。

保羅對我說過，就算是死也要守住塞妮絲。

事到如今，已經無法確定他真正的意思。然而就算保羅已死，我還是有好好照顧塞妮絲的義務。

不過呢，雖說是特殊照顧，但塞妮絲也不是得了阿茲海默症，只是變得很像一副空殼。只要有莉莉雅隨時跟在她身邊，想來不會有什麼問題吧。不過，必須把照顧塞妮絲時需要的東西全都備齊。

「那個……也就是說，母親大人也會住在這裡嗎？」

提出這疑問的人是愛夏。

她的聲調中帶著困惑，也帶著不安。

「沒錯，愛夏。我打算也來此打擾魯迪烏斯少爺。」

對於愛夏來說，莉莉雅果然是個礙眼的存在嗎？

畢竟莉莉雅是個熱心於教育的母親。從莉莉雅那裡解放後，愛夏看起來每天都很快樂。

然而，她現在如果要針對這點抱怨，我覺得不太妥當。

要是愛夏真的把那種事說出口，我必須好好訓斥她一番。

「那麼工作方面，是不是要規劃如何分擔呢……」

「那方面之後再說吧。我預定要負責以照顧夫人為主的相關事務，所以大致上的工作還是要照舊由愛夏妳來做。」

「……是。」

愛夏並沒有表示不滿。不過，她似乎還是不擅長應對自己的母親。語氣僵硬，表情也很陰暗。看到她的態度，反而是諾倫開了口。

「我說，愛夏……」

諾倫把手放到愛夏的肩膀上，在她耳邊輕聲低語。

「妳不需要顧慮我們喔。」

聽到這句話，愛夏開始輪流看向諾倫、莉莉雅，還有我。

莉莉雅也看著我。我不知道她們希望我做什麼，總之，我還是先點了點頭。

於是，愛夏猛然起身，抱住莉莉雅。

「媽……媽媽……！媽……媽媽妳平安無事真是太好了！」

愛夏邊哭，邊把臉埋進莉莉雅的腰間。

「我回來了，愛夏……」

莉莉雅帶著溫柔表情，輕輕撫摸女兒的頭。

原來是這樣。也對，愛夏的心情想必也很複雜。

對她來說，莉莉雅是親生母親。當然，她也希望保羅和塞妮絲能夠平安無事。不過，希望莉莉雅平安的心情想必比任何人都強烈。而且，實際上也莉莉雅平安歸來了，愛夏卻面臨無法率直為此感到高興的狀況。

請原諒之前做出扭曲猜測的我。

後來，我又說明了一些瑣事，歸來報告到此結束。

基斯也報告了這次的收支有獲得盈餘。

明明大家都拿到龐大的報酬，卻沒有任何人露出開心的表情。

「好啦，那我們就去找個地方住宿吧。」

在報告結束的同時，基斯站了起來。就像是受到他的影響，塔爾韓德、維拉和雪拉等人也紛紛起身。我趕緊出面挽留他們。

「各位今天可以住在這裡啊。」

「嘿，前輩，別說這種傻話。我們可沒有那麼不識趣，還想留下來妨礙你們一家團圓。」

其他三人也都拿起自己的行李，像是在表示基斯的發言很理所當然。

他們穿上還沒有乾透的靴子，披上外套。

「……」

結果，我只能在玄關目送眾人。

在四人即將以淡泊態度離開之前，我開口叫住他們。

「各位，非常感謝你們長期以來一直協助家父。」

我對維拉和雪拉更是特別深深低頭致謝。她們從保羅還待在米里希昂那時起就開始提供協助，雖然和我沒說上幾句話，不過在攻略轉移迷宮時也作為支援人員處理了許多雜事，是幕後的功臣。

「不，我們才該為了自己沒幫上什麼忙而致歉。」

「在保羅團長的墓地完成後，請撥空告知地點。」

兩人的回應很簡短。對於她們來說，保羅是什麼樣的存在呢？

在搜索團解散後，她們還跟著保羅一起前往那麼遠的貝卡利特大陸，或許心裡抱著什麼特別的感情吧。然而，就算兩人曾經對保羅有好感，也已經是過去的事了。

「兩位今後有什麼打算？」

「等冬季結束，我們會回到阿斯拉王國。因為搜索團裡還有照顧過我們的人。」

「這樣啊，路上小心。」

「嗯。魯迪烏斯先生也是，今後想必會辛苦，還請保重身體。」

她們最後再度對我低頭致意，然後消失在紛飛的雪中。

搜索團啊……話說起來，塞妮絲的娘家好像有提供資金支援給保羅？雖然塞妮絲不能算是平安無事，還是要告知那邊已經找到人的消息。儘管我也不確定是否能順利寄到，不過至少要多寄個幾封信過去。

我正在盤算這些事情，基斯拍了拍我的肩膀。

「再見啦，前輩。」

「基斯先生，塔爾韓德先生。」

「什麼啊，別擺出這種要死不活的表情嘛。」

「……你們兩位今後打算怎麼辦？」

基斯聽到我這麼問，伸手搔了搔頭。

「我們也打算前往阿斯拉，因為想把貝卡利特大陸的貨幣和魔力附加品都換成現金。」

「全都要賣掉嗎？」

「有幾個要留下來自己用，不過基本上都會賣掉。」

我手邊也還有一些魔力附加品。鑑定時有姑且問過那些魔力附加品具備什麼效果，然而沒什麼大不了的東西，頂多是些能代替火柴的短劍之類。基本上這些東西或許哪天能派上用場，所以我全都丟進地下的倉庫裡。萬一缺錢，到時再拿出來變賣。反正無論效果多蠢，還是可以換得一大筆錢。

只是，那些能夠吸收魔力的魔石就另當別論。可能的話，我想找個空閒時間來研究一下。

因為萬一又碰上同樣的對手，要是自己依然束手無策也不知道如何對應，只會重蹈這次的覆轍。

雖說我可能根本研究不出任何頭緒，但總比啥都不做要強一點。

「不然這樣，要不要我把前輩的份一起帶去阿斯拉賣掉？比起這邊，可以賣到高出很多的價錢喔。」

阿斯拉王國的物價很高，如果是在中央大陸上，阿斯拉王國的貨幣基本上也是各處都通用。

要賣東西的話，阿斯拉確實是最好的選擇。

「然後，你打算在回程時跑去賭博，結果輸光跑路嗎？」

「呃……等一下……不，我不會動用前輩的錢啊。」

基斯嘴裡這樣說，眼神卻到處亂飄。搞不好這傢伙真的打著一旦我把東西託付給自己，就要去好好賭上一輪的主意。

算了，要是沒有這傢伙，我們應該無法突破轉移迷宮。

因為我的確受了基斯不少照顧，錢被賭掉也無所謂。

「我只是開開玩笑。」

「嗯，我是真的會去賭一下啦。」

基斯說完，拉起嘴角露出耍酷的笑容。

「然後呢？」

「繼續當冒險者，反正我們也沒有其他長處。」

「是這樣嗎？」

「總之，我在冬季結束之前都會留在這裡，所以有空時去喝一杯吧。前輩不是要介紹可愛的母猴子給我嗎？哎呀，不過前輩現在有老婆有小孩，恐怕不方便出入那種風月場所吧？嘿嘿。」

也對，我們並沒有要立刻各分東西。

然而這個叫基斯的男人一旦哪天要踏上旅途，想必不會來跟我打聲招呼。毫無疑問，他會突然不知去向。所以，我必須趁現在好好道別也確實致謝。

「基斯先生……」

「我說前輩，你從先前開始的用詞就很奇怪耶。還是照平常那樣叫我新人吧。」

「……你為什麼堅持『新人』到這種地步啊？」

聽到這個問題，基斯咧嘴一笑。

「當然是因為某種忌諱。」

又是忌諱。雖然這個理由一點都不充分，我卻能充分接受。

既然是基斯的忌諱，那就沒辦法了。

「無論如何，真的非常感謝兩位至今的各種關照。」

「就說別在意。那麼你多保重啊，前輩。」

我深深低頭致謝後，基斯揮著手跨步遠去。

「嗯，你沒有理由必須謝我，真要謝我，也是該由保羅來。換句話說，我們不需要你道謝。」

塔爾韓德搖晃著似乎很重的身體這樣說完，也跟在基斯後面離開。

我一直目送著兩人，直到再也看不到他們的身影。

「男人們總是馬上就要耍帥。」

這時，我才發現艾莉娜麗潔站在旁邊。

在我和其他人道別的期間，她似乎和希露菲說了些什麼。

是那件事情嗎？我事先有跟艾莉娜麗潔說過那件事必須由我親自坦白一切，不過她有時候就是比較熱心，說不定有幫我事前講點好話。

老實說，我實在提不起勁，所以這種體貼行動讓人感謝。

「那麼，我要去找克里夫了。畢竟已經逼近極限。」

艾莉娜麗潔摸著肚子下方這樣說，這次也讓她吃了很多苦頭。去程和回程相加，和陌生男人發生關係的次數總共是三次。雖然艾莉娜麗潔笑著說這種事稀鬆平常她也並不介意，但我可笑不出來。

「艾莉娜麗潔小姐，這次也承蒙妳的照顧。」

聽到我這樣說，艾莉娜麗潔露出苦悶的表情。

「………關於保羅的事情，我必須向你道歉。」

「不，那是我的……」

是我的失誤，是我一時大意。我正想這麼說，艾莉娜麗潔卻繼續說了下去。

「我在那支隊伍中的職責，就是要做出適當行動以避免那種事態。所以保羅的死，也是我的失誤。」

沒有那回事，當時在場的所有人都拚命戰鬥。

我們避開九頭龍的最後殺手鐧，在只剩下一顆頭，還差一點就要勝利的時候，沒有任何人能料想到豁出去的九頭龍會做出那種行動。至少，有資格責備艾莉娜麗潔的人，只有她本身和死去的保羅吧。

「我不會責怪妳，或是其他任何人。」

「既然如此，你也不可以責備自己。」

「……是。」

「那麼，我走了！」

艾莉娜麗潔道別後，在雪中往前跑去。她的歸來報告接下來才要開始。

「……呼……」

我吐出一口長氣。熱氣化成白煙，在雪中逐漸消失。

這下，到了這裡……對我來說的轉移事件基本上算是告一段落。

下落不明的家人已經全數尋獲。

世界上可能還有一些失蹤者尚未被找到，但是我沒有去尋找那些人的義務。

結束了。

過程漫長，痛苦，還得到一個苦澀的結局。

然而，從現在開始是新的發展。

我不能再回顧過去，而是必須朝著前方活下去。

因為在這個世界上，還有很多自己要做以及想做的事情。必須把眼光放向未來。

「魯迪，大家已經回去了嗎？」

聽到聲音後，我才發現洛琪希站在身後。

「我也想和大家說些話……」

「他們似乎還會留在這裡一陣子，我想可以等以後再抽空去拜訪。」

「也對。」

洛琪希不會在雪中離開此處。

她一個人留了下來。

至於最後會去旅社，還是會成為這個家的一員，就要看接下來和大家對話後的結果。

「那麼，洛琪希。」

「是。」

「我們走吧。」

在洛琪希的嬌小身影陪伴下，我走回家中。

## 第十五話「爭執場面」

起居室裡剩下五個人。

我、希露菲、諾倫、愛夏，以及洛琪希。

還有犰狳次郎也一臉幸福地睡在壁爐前，不過這傢伙可以不必算進去吧。

莉莉雅帶塞妮絲去洗澡。離開前她有來問過要不要緊，我點頭回應。因為我想在沒有倚靠莉莉雅幫忙的情況下，自己結束等一下要討論的問題。

諾倫也沒有回到自己的房間，而是留在這裡。

可是她還在抽抽搭搭地吸著鼻子，果然很難過吧。因為諾倫和保羅的關係很好，承受的痛苦一定也比其他人強烈。

「那麼，我最後還有一件事情要說。」

聽到這句話，她們三人都坐回椅子上。

我以眼神向洛琪希示意，她默默地來到我的身邊。

「……」

看到希露菲變大的肚子，讓我心裡產生了猶豫。

然而，這是我的責任。洛琪希遲早也會變成那樣。

如果希露菲說了Ｎｏ，洛琪希是不是會一個人把孩子生下來？雖然基本上事前協議確實是那樣……可是萬一真的演變成那種情況，不管是要我提供金援或是做其他任何事都行。

「我……想迎娶這位洛琪希作為第二個妻子。」

「……咦？」

發出困惑聲音的人不是希露菲，而是諾倫。

她站了起來，來回看著我和洛琪希。

至於希露菲則是愣住了。

「這……這是怎麼一回事！」

「我會按順序說明給大家聽。」

我開始敘述自己在貝卡利特大陸上發生了什麼遭遇。

在保羅死後，我陷入了低潮。這時獲得洛琪希的幫助，讓我察覺到喜歡洛琪希的心情。所以我想讓自己尊敬的她也成為家裡的一員。

「雖然我並不打算背叛希露菲，但以結果來看還是違背了承諾，非常抱歉。」

我跪了下來。地板上鋪著地毯，可是北方大地的冬季非常寒冷，地板也透出冰涼。

然後以額頭著地。

「咦！等……等一下，魯迪！」

可以聽到希露菲慌張的聲音。

「我對希露菲的愛依舊沒變。可是，說不定我已經讓洛琪希懷孕了，必須負起責任。」

「啊……嗯。」

說得越多，我的發言聽起來越是廉價。

然而，這些話出自於我的真心。我抬頭看了一下希露菲，她滿臉為難表情。可能感到很混亂吧。

這也難怪。畢竟自己離開前不但表示過愛意，還保證一定會回來。

但是她等到的卻是成了這副慘狀，又失去家人和左手的我。只是總算還保住一條命，正想為此感到高興時，我卻跳出來宣稱要娶別的女人為妻。

如果換成我碰上這種事，一定會大吼大叫，瘋狂指責。

然而，我還是要說……說出勉強她接受這種無理要求的發言。

「希露菲，我希望妳能允許。」

「怎麼可能允許呢！」

大叫的人是諾倫。不是希露菲，而是諾倫。

她跨著大步來到這邊，抓住我的領口。

「哥哥你是知道希露菲姊姊以什麼心情在等你，結果還說這種話嗎！」

「……」

「希露菲姊姊每天都會以寂寞表情擔心哥哥你是否平安，覺得很想見到你，吃飯時也會想到哥哥不知道有沒有也在吃飯……這些事你知道嗎！」

我不知道。

但是，我可以想像得到。希露菲等待我的表情，寂寞的聲調。

還有坐在椅子上晃著腳，似乎無所事事的身影。

「我原本認為哥哥沒有救到爸爸是沒辦法的事情！畢竟情況艱難到連哥哥都失去左手，這一切都是無可奈何！所以，我才會覺得責備哥哥是找錯對象！結果，原來哥哥你還有餘裕去跟其他女人發生關係，把對方占為己有嗎！」

「不是那樣！我沒有那種餘裕！是洛琪希捨棄了她自己的心情，幫助了沒有餘裕的我！」

「可是如果希露菲姊姊在場，她也一定會幫助哥哥啊！」

沒錯，肯定會是那樣。希露菲幫助過我，是希露菲治好了我的不舉。

但是，洛琪希也幫助了我。

而且喜歡我的她明明知道我已經另有喜歡的對象，依然做好會被我始亂終棄的心理準備。

「諾倫，妳應該能體會吧？那種把自己關在房間裡，覺得已經無路可走，也完全無法靠自身突破困境時，會產生什麼樣的心情。要是有人在這種時候幫助自己，又怎麼能蔑視對方呢？」

「我是能夠體會！也很感謝哥哥！可是那件事和這件事是兩碼事！哥哥居然要娶兩名妻子，米里斯大人絕對不會允許！」

噢，原來如此，諾倫是米里斯教徒嗎。不，這次的事情和宗教無關。是因為我打算做出錯誤的行動，是因為我要強行硬闖，試圖壓下正理。

「況且基本上！你為什麼會找上這麼小的女孩！她看起來跟我差不多啊！」

諾倫狠狠瞪向洛琪希。洛琪希和平常一樣面無表情，回看著諾倫。洛琪希高了一點，不過兩人的身高大概相差不到十公分。在諾倫的注視下，表情依然沒有變化的洛琪希喃喃開口：

「……我看起來或許很小，但也已經成年了。」

她的聲音在發抖，可以窺見洛琪希的內心恐怕也不知道究竟該怎麼應對。

然而若是站在不同立場，可能會覺得這句話聽起來是在強詞奪理吧。

諾倫非常激動。

「既然是成年人，妳不覺得自己臉皮太厚嗎！」

「……」

「妳不覺得自己強行介入他人的家庭是錯誤的行為嗎！」

「諾倫，妳說得太過分了。是我主動提出要娶洛琪希為妻。洛琪希沒有錯，她原本已經打算退出。」

我用強烈的語氣反駁。

但是，諾倫並沒有轉向我這邊，而是繼續責罵洛琪希。

「哥哥請閉上嘴！基本上，如果這個人真的打算退出，為什麼沒有堅持到最後！結果，她就只是在貪戀哥哥的好意吧！」

我有點想打諾倫一巴掌。

然而很明顯，自己根本沒有打她的資格。

如果我在這裡出手，感覺自己真的會成為無可救藥的人渣。

「……」

對於諾倫的怒斥，洛琪希沉默了一陣子。她低下頭看向地面，臉上依舊沒有任何表情。最後，她抬起臉，對著諾倫低下頭。

「妳說得對，是我太厚臉皮了。真是非常抱歉。」

語畢，洛琪希站了起來，以緩慢的動作開始移動。

她拿起放在起居室角落的行李，戴上帽子，然後快步離開現場。

我無法阻止她。

我早就預料到會遭受反對，也自認沒有天真到誤以為輕輕鬆鬆就能讓大家接受這件事。不過，我還是相信只要努力說服總有辦法解決。

然而，自己終究太天真了。看現在這個狀況……洛琪希遭受到毫不留情的言語攻擊，她一定覺得如坐針氈。

如果留下來，這種事情可能會繼續發生。只要考慮到這一點，當然不可能有意願留下。就算換成我自己，也會因為無地自容而想要離開。

我不能讓洛琪希帶著這種負面回憶離開。我不希望發生那種事，她應該要獲得回報。我並不是為了要讓洛琪希遭受這種待遇才帶她回家，而是為了要讓她獲得幸福。

明明心裡這樣想，我卻無法阻止她，無法留下她。

還是說，難道自己無法讓洛琪希獲得幸福嗎？

不，快點動腦思考。到底該怎麼做？要怎麼做才能說服諾倫？

我想不出來。洛琪希已經要走了，我至少要先把她留住。

沒錯，就算必須對諾倫動手，導致妹妹痛恨自己，我也要留住洛琪希。

「等一下！」

這個聲音來自背後。

「洛琪希小姐，請等一下！」

是希露菲。希露菲站了起來，小跑著前往洛琪希身邊，抓住她的手。

洛琪希回過身子，眼裡盈滿了淚水。

「希露菲姊姊，妳為什麼要制止她啊！讓她走就好了啊！」

「諾倫，妳可以安靜一下嗎？」

「咦？」

「妳從先前開始就說得太過分了。因為我打從一開始到現在，都沒有說過不願意。」

聽到希露菲這句話，諾倫目瞪口呆地傻住了。

「請坐吧。」

希露菲沒有理會呆掉的諾倫，而是讓洛琪希坐到沙發上。

洛琪希沒有抵抗，直接依言坐下。希露菲則是坐在她旁邊。

「我之前有點混亂……總之是洛琪希小姐救了魯迪吧？」

聽到這問題，洛琪希以有點惶恐的態度點點頭。

「……是的。不過我別有私心，所以不打算拿這件事當藉口。」

「嗯。畢竟魯迪很帥啊，如果說沒有私心，我反而無法相信。」

「……」

「我想，如果換成自己站在洛琪希小姐的立場，一定也會做出同樣的行動。」

希露菲以溫柔表情對著洛琪希微笑，洛琪希的表情卻很僵硬。

笑著的希露菲繼續說道：

「……老實說，我一直覺得這是遲早的事。」

「那個……請問您指的是什麼？」

「魯迪帶其他女性回家是遲早的事。」

希露菲是說……她覺得我遲早會帶其他女性回家？

……嗯？……咦？我該不會那麼沒有信用吧？

「妳也知道魯迪很好色吧？所以，我覺得他如果沒辦法和我做，一定會去尋求其他對象。可是魯迪又很誠實，要是真的做了，就會說要娶對方為妻……他跟我的時候就是那樣。因此，我從來不認為自己可以一直獨占魯迪。」

我很想表示意見。然而實際上確實如同希露菲所說，所以我沒有資格說任何話。

「老實說，我本來以為魯迪帶回來的對象會是莉妮亞、普露塞娜或七星小姐。」

「除了七星小姐，其他人我都沒聽說過。」

「她們是魯迪在學校裡的朋友。每個人胸部都很大，也很性感。」

七星算不上性感吧。不，那種事現在根本無關緊要。

「因為魯迪敘述的旅程聽起來很艱苦，又發生保羅先生過世的事情，所以我一時把這些事情全忘了，剛剛才會有點傻掉……不過，我總算明白了。」

「明白什麼呢？」

「我發現洛琪希小姐妳來到這裡之後，一直以不安表情望著魯迪，因此感到很不解。一開始我還以為洛琪希小姐是在擔心宣布保羅先生死訊的事情，結果……原來是因為這件事。」

「……」

「所以洛琪希小姐的那種眼神，其實是戀愛中少女的眼神。」

戀愛中的少女。聽到希露菲這樣說，洛琪希一張臉整個漲紅。

「讓您看到不舒服的光景，真是不好意思……」

洛琪希紅著臉低下頭。

看在妻子的眼裡，肯定會覺得用愛慕視線望著自己丈夫的其他女性顯得很礙眼吧。

我可以看出洛琪希的內心顯然是這樣認為。

然而希露菲卻搖了搖頭。

「那並不是讓我不舒服的光景。」

「……可是……」

「該怎麼說才好……」

希露菲歪著腦袋思考了一會兒，很快又點了點頭。

「嗯，就是啊，我經常聽魯迪提起洛琪希小姐的事情。」

「他怎麼說？」

「魯迪總是說他尊敬的魔術師就只有那一位。而且不管是發生轉移事件之前，還是和我結婚之後，這句話都沒有改變。」

「……我該怎麼說呢，實在是讓人惶恐。」

「所以我也有點嫉妒。因為魯迪每次提到洛琪希小姐時，總是會露出非常憧憬的眼神。」

「……」

「因此我擅自認為，洛琪希・米格路迪亞這個人物一定是自己絕對無法與之並列的了不起魔術師。」

「……」

「可是實際見到本人後，我發現妳只是個喜歡魯迪的普通女孩，嫉妒心就消失了。因為，妳和我一樣啊。」

希露菲拿下洛琪希的帽子，輕輕摸著她的頭。

洛琪希看著希露菲，任由她摸著自己的頭。

接著，希露菲直接開口說道：

「雖然諾倫講了那些話，但是我很歡迎妳。」

洛琪希的臉染上驚訝色彩，我也詫異到忍不住張大了嘴。

我完完全全沒有想到，希露菲居然會如此簡單就接受一切。

「希露菲葉特……小姐。」

「叫我希露菲就可以了。我們要和睦相處，洛琪希……妹妹？」

「呃，我今年姑且已經五十歲了，叫妹妹好像有點……」

「啊，是這樣嗎？比我年長……真是不好意思，話說起來確實是那樣呢。我有聽魯迪提過，但是見到本人後……」

「因為我就是這麼小隻。」

「其實我也算是嬌小型呢。」

洛琪希和希露菲都拉起對方的手，相視而笑。

「以後一起扶持魯迪吧，洛琪希。」

「謝謝妳，希露菲。」

兩人說完，重新正式握手。這動作能讓人感覺到一種奇妙的團結感。

看到這一幕，我忍不住呼了一口氣。這是因為自己覺得她們看起來已經沒問題了，才會下意識做出這種動作。

然而諾倫看到我的反應之後卻皺起了眉頭。

「……既然希露菲姊姊可以接受，我也不會再多說什麼。但是……」

諾倫似乎還無法接納這一切。她撇著嘴，以不滿表情瞪著我們。

或許我又要被諾倫看不起了。

然而，希露菲卻委婉地開始勸說諾倫。

「諾倫，魯迪並不是米里斯教徒，妳要原諒他。」

「但是……」

「保羅先生自己也有兩位夫人喔。」

「……是那樣沒錯，但是……」

「諾倫，妳對莉莉雅小姐也會說剛才那些話嗎？」

諾倫露出猛然驚覺的表情，看向坐在自己旁邊的愛夏。

一臉置身事外的愛夏繼續保持沉默。

「啊……對不起，愛夏。」

「算了，沒關係。反正我知道諾倫姊經常講話不經大腦。」

「……妳這話是什麼意思！」

「因為啊，剛才那些話也輪不到諾倫姊妳來說吧？雖然妳一直說希露菲姊姊怎樣又怎樣，實際上卻只是把自己的想法強加到其他人身上而已。」

「妳說什麼！」

諾倫氣勢洶洶地站了起來。看到她緊握的拳頭，我開口警告愛夏：

「愛夏，妳說得太過分了。」

「可是，哥哥……」

「我知道諾倫想表達什麼。實際上在剛剛的狀況下，就算希露菲說了那些話也很正常。講到沒有考慮到對方心情的問題，其實我也是同罪，所以不可以指責諾倫。」

「好吧，既然哥哥這麼說……」

「……」

諾倫臉上的表情非常複雜，就像是在表示她不知道自己該說什麼。

然後，大概是覺得繼續在這裡很坐立難安吧。

「我要去睡了。」

她快步走出起居室。

但是走到一半，諾倫卻像是想到什麼事情，突然停下腳步看向我，而且還喃喃開口說道：

「那個，哥哥……」

「什麼事？」

我本來以為她是想在最後痛罵我幾句。

「可以麻煩你……下次教我劍術嗎？」

然而，諾倫說出口的發言卻是這種內容。

「咦？」

因為太過突然，我一瞬間無法理解這句話的意思。

劍術……她是想使用保羅的劍嗎？

我總覺得如果是半吊子的護身技術，反而有可能自掘墳墓。

然而，畢竟這是個很危險的世界，還是學會一些劍術會比較好吧。因為就算只是微弱的力量也聊勝於無。問題是，自己能成為派得上用場的教師嗎？

「由我來可以嗎？」

「雖然我還不太能接受哥哥的行為，但是，我並不討厭哥哥你本身。」

「……嗯。」

我本來的意思是既然她想學習劍術，由只有半瓶水程度的我來教導是否妥當。

不過，既然諾倫說了不討厭我，當然沒辦法拒絕。

「我知道了，選在放學後安排個時間吧。」

「麻煩了。」

諾倫這麼說完，就上樓回自己的房間去了。

「……」

結果，自己根本什麼事都沒能做到，全靠希露菲的度量才能解決此事。

「我說哥哥……」

這時，愛夏突然開口。

「你現在真的很沒出息喔。」

我實在無言反駁，只能點頭同意。

接下來，我們三人一起討論今後的生活。

例如晚上同房的順序，或是可以撒嬌的時間等等。或許是因為包括這些露骨的話題，愛夏也決定先行離場。

「那麼……洛琪希小姐，從明天開始請多多指教。」

「是的，我才要請妳多多關照。」

愛夏離開時頻頻抱怨，不過看起來似乎也有點高興。為什麼呢？

算了，也無所謂。希露菲和洛琪希再加上我，我們三人開始協商往後的各種規則。

或許會有人覺得保羅才過世不久就討論這些可能不太妥當。

然而正是因為在這種時候，才會讓人更想聊一些開朗的話題。

「基本上請把希露菲視為正妻，我這邊只要魯迪有空閒時再來稍微關心一下就可以。」

「不行，必須大家平等才行。」

「但是……」

「因為以後說不定會有更多人加入，洛琪希妳應該要坦坦蕩蕩喔。」

說不定會有更多人加入。根據這句話，可以看出希露菲對我的下半身根本沒有多少信心。

「老實說，短期間內對希露菲的歉意還是會比較強烈，所以在孩子出生之前，我決定要自我制約。」

「是嗎……但是到預產期還有一個多月，所以這段期間魯迪會被我獨占，真的可以嗎？」

「沒問題，那麼我正式成為魯迪妻子的時間就訂於一個月後吧。」

「……」

這種時候還覺得必須禁慾一個月實在遺憾的我恐怕真的是個人渣。

不過再想到一個月後，等到希露菲生產，自己就能隨心所欲地疼愛兩人，就覺得這根本不算什麼。甚至我的小子現在就會開始奮發向上。

「……」

「……」

我正在滿腦妄想，卻發現她們兩人都看向這邊。

「那個……魯迪，如果你實在忍不住，要說出來喔。我們會想辦法。」

「不，我自己會處理。」

就算是我，也不可能在這種狀況下繼續拈花惹草。

我要讓兩人相信，本人魯迪烏斯·格雷拉特不會因為性衝動而犯下錯誤。

在洛琪希那時之所以失守，是因為身處那種狀況，再加上對象是洛琪希。除非自己又消沉到那種地步而且還遇上洛琪希等級的女性，否則沒有問題。自己不會再花心。

絕對，絕對不會。

「啊……可是，洛琪希是不是也懷孕了？那麼一個月之後就不能做了吧？怎麼辦呢？」

聽到希露菲這麼說，洛琪希露出非常歉疚的表情。

「那個……關於魯迪先前的發言，我想那只是他的謊話。我遲遲沒找到適當時機開口，但實際上我還沒有懷孕。」

「……咦？」

沒懷孕？那麼，所謂的那一天沒有來是指……

「……噢。」

原來是艾莉娜麗潔挖坑給我跳嗎？那傢伙真是可惡。

有種被她玩弄於掌心的感覺。

「你怎麼了，魯迪？」

「不，那不是謊話，而是我誤會了。」

「是嗎？」

洛琪希搔了搔臉頰，然後紅著臉開口：

「不過，總有一天要請你協助。」

「啊，是，我才要麻煩妳。」

我腦中聯想到所謂的快活家庭計畫，忍不住露出笑容。（註：快活家庭計畫（明るい家族計画）是日本某牌保險套的廣告詞）

嗯，真是讓人從現在起就滿心期待。

「魯迪真的很好色。」

「是啊，我總是色咪咪的，希露菲。」

「這麼好色的魯迪會對我做什麼事情呢？」

我們笑著聊著這些話題。

如此這般，我有了第二位妻子。

後來，我們幫洗完澡的莉莉雅她們準備好房間，也來到就寢時刻。

按照先前的規定，自己晚上和希露菲同房。我提供手臂給希露菲當枕頭，她則是面對著我側身躺下。

不過，希露菲還沒睡著。彼此視線交纏，但是保持沉默。

「關於先前的事情……」

先開口的人是希露菲。

「魯迪叫洛琪希來到身邊，然後說要宣布重要的事情時……我啊，想像出讓人非常悲傷的情況。」

「什麼情況？」

「我認為魯迪你可能會說已經不愛我了，然後會叫我滾出去。」

「我怎麼可能會說那種話。」

那是什麼下三濫的人渣。

「嗯，我知道。」

希露菲動了幾下，我感覺到她正在撫摸我失去的左手前端。

「可是，我果然還是很不安。不知道為什麼，總覺得魯迪會從自己身邊消失。」

這就是所謂的不祥預感嗎？然而仔細想想，這次確實非常驚險。

要是一個不好，就算喪命也不奇怪。

「我讓妳不安了嗎？」

「嗯。」

「真乖真乖。」

我用右手輕輕摸著希露菲的頭部。她瞇起眼睛，接受我的行動。

希露菲的頭髮雪白又美麗。仔細一看，不知不覺之間，她的頭髮已經稍微變長了。

「妳的頭髮變長了呢。」

「因為魯迪說過喜歡長髮。」

「是為了我才留長的嗎？」

「嗯。」

希露菲真可愛……

她一直在等我，我這個人卻……

「對不起，希露菲。我背叛了妳。」

「沒關係，因為這樣的魯迪我還是喜歡。」

「可是，如果換成是希露菲那樣對待我，我敢說自己絕對會很沒出息地大哭大叫，還會痛罵妳居然背叛我。」

「嘻嘻……我才不會做出那種事。因為魯迪以外的人根本沒被我看進眼裡。」

希露菲這樣說完，把臉湊了過來，在我的臉頰上親了一下。

我的內心洋溢著憐愛之情。自己要用一輩子來愛她。愛著這個明明感到不安，明明很想大聲發洩，卻無怨無悔地接納我一切行徑的希露菲。

「希露菲……」

「嘿嘿嘿。」

我也親了希露菲一下作為回報，她的臉頰既柔軟又有彈性。

「……」

如果是平常，接下來才是好戲上演。

不過，今天到此為止。因為我可不能勉強懷有身孕的希露菲。

這時，我的下腹部突然傳來被輕撫的觸感。

「呃，不行啊希露菲。妳現在去摸那種地方會讓我無法忍耐，雖然我對孕期性行為確實有興趣……」

「啊，不行啦魯迪。會傷到肚子裡的孩子……」

「嗯？」

「咦？」

我往下一看，發現希露菲的肚子旁邊居然出現另一個更大的隆起。

於是我們掀開毯子確認，結果……

「次郎……」

原來是有一隻巨大的犰狳從床下把腦袋鑽進了被窩裡，而且位置正好是我和希露菲的中間。這傢伙是什麼時候鑽上來的？我完全沒發現。

「居然把臉鑽進別人的胯下，真是個色咪咪的傢伙。」

「和魯迪很像呢。」

「不，我……算了，今天就和牠一起睡吧。」

「嗯，好啊。」

我爬了起來，拿出另一件毯子在床邊角落幫次郎鋪了一個睡窩。次郎躺了上去，然後慢慢閉上眼睛。這傢伙的外表是犰狳，行為卻像是大型犬。

我看過一陣子，必須幫這傢伙也準備一間小屋才行。

雖然養在家裡也可以，不過要是牠隨地大小便可就麻煩了……不，這方面會不會也跟狗一樣，只要訓練就能學會呢？

算了，關於這件事，下次再和全家人一起商量吧。

「好，我們也睡吧。」

我原本要鑽進希露菲的右邊，途中又決定作罷。

換成從她的左邊上床，然後用右手握住希露菲的手。

希露菲也用力回握我的右手。

「晚安，希露菲。」

「嗯。辛苦你了，魯迪。」

於是我沉沉睡去，宛如成了一灘爛泥。

# 第十六話「在墓碑前」

洛琪希成為我的妻子後，已經過了幾天。

到了最近，擔心或許會再發生什麼不幸事件的不安感也慢慢淡去。

雖說感覺不會發生不幸事件，然而針對塞妮絲的事情，還是有很多讓人不安的問題。

塞妮絲最後住進這個家裡的另外一間大房間。

我對莉莉雅說這是之前住戶死去的房間所以不建議她們使用，但是塞妮絲卻喜歡到不肯離開。莉莉雅看到她的反應，也堅持那不是必須在意的事情。

算了，既然要照顧塞妮絲，大一點的房間應該比較方便。

當然，我有帶塞妮絲去看醫生。透過愛麗兒的介紹，找上了拉諾亞王國數一數二的名醫。然而對方似乎不曾見過這種症狀，所以乾脆放棄表示不清楚治療方法。看樣子這個世界的醫療技術在記憶方面果然是束手無策。

大概是因為有治癒魔術，這世界的醫療技術似乎只偏向某些領域。

話雖如此，我還是成功請醫生擬定了一份失憶症病人用的復健訓練表。即使不確定是否能治好，總好過什麼都不做。如果有機會，或許該試著尋找能幫助記憶恢復的魔道具。

當然，我不知道是否真的有那種東西。

說不定只能把眼光放遠，逐步治療下去。

也無法預測塞妮絲在米里斯神聖國的娘家會表示什麼意見。

真的是滿滿不安。

希露菲的狀況很順利。最近會很開心地叫我摸摸肚子，說是裡面的孩子踢她了。

所以我順便揉了一下受懷孕影響而變大的胸部，結果真的把希露菲惹火了。

好像是用力去碰就會痛。

希露菲還拜託我如果想摸，記得溫柔一點。這種拜託的方式會讓我很想直接把她推倒。

回想起來，過去的自己曾經多次敗給希露菲的誘惑而忍不住動手。

然而現在的她是孕婦。不能讓希露菲受到我的欲望侵襲。

話是這麼說，我還是覺得很想摸。所以拜託希露菲讓我溫和輕柔地碰了她的胸部。

果然懷孕之後會讓身體發生變化，這不是我熟悉的希露菲的胸部。

一想到是自己讓希露菲出現變化，就讓我產生一種難以言喻的喜悅。這就是所謂的征服感嗎？啊啊，希露菲確實屬於我。

不過呢，少了左手果然很不方便。我好懷念用上雙手搓揉胸部的那段時期。

原本就只有兩個的東西少了一個，滿足感也因此減半。

是不是再過一陣子就會分泌出母乳呢？如果我說想嚐嚐看，希露菲會生氣嗎？會蔑視我嗎？要不要抱著被拒絕也是理所當然的心態來要求一次試試呢？或許還是不要那樣做會比較好，但是只有一次的話……

「魯迪你真的很喜歡我的胸部呢。」

「嗯，希露菲的胸部雖然小了點，卻是世界第一。」

「說是世界第一……可是你卻對其他女孩出手。」

「非……非常抱歉。」

「嘿嘿嘿，我沒有生氣啦。」

我和希露菲之間會出現這種甜蜜對話，也保持著良好關係。

如果是前世的日本，我們的關係恐怕已經相當尷尬。

不過這裡是異世界，希露菲也能諒解。

就算娶了兩三個老婆，也只要對她們都付出平等的愛就行。

講到我另一個妻子，洛琪希她住進二樓的一個小房間。

而且是二樓最小的房間之一。我叫她換個大一點的房間，但是洛琪希似乎比較喜歡狹窄空間。我自己也不討厭啦。

還有，洛琪希成了魔法大學的教師。
帶她去介紹給大家時也順便做了歸來報告，不過這件事以後再說吧。

★★★

又過了一個月，那天下著大雪。
希露菲生了。
沒有特別出現什麼問題，是一次普通的生產。
沒有胎位不正，也沒有早產。
要說問題，大概只有風雪太強所以來不及去叫醫生這種程度的事情。
如果是前世，我大概已經慌到不知所措。然而現在的家裡有莉莉雅在，真是萬分可靠。
不需要我開口拜託任何事，助產經驗豐富的她就帶著愛夏，手腳俐落地開始行動。
莉莉雅每一個動作都很慎重仔細，就像是在教導愛夏正確流程。
基本上，為了以備萬一，我和洛琪希也跟在旁邊。
因為發生緊急事態時如果有人能使用治癒魔術，應對能力會完全不同。
話雖如此，當時的自己已根本慌張到了極點，把治癒魔術這事給忘得一乾二淨。
希露菲看起來很痛苦，我光是握住她的手就已經竭盡全力。

「看到魯迪烏斯少爺現在的樣子，會讓我回想起夫人……諾倫大小姐出生時的事情。」

聽到莉莉雅這樣說，我也回想起往事。

諾倫是頭上屁股下的臀位，當時母子都很危險。保羅完全幫不上忙，只顧著張皇失措。

我那時還能冷靜行動，現在卻是這副德性。看來我這人就是小時了了大未必佳，不管今生還是前世都一樣。

「但是請您放心，魯迪烏斯少爺。希露菲少奶奶不要緊，不需要擔心任何事。」

莉莉雅一邊說明，同時以冷靜態度處理各種事務。

她的手法甚至俐落到讓人著迷。

不過就算她說沒問題，我還是無法平靜下來。只能做一些小事，例如握住希露菲的手，幫她擦去額頭的汗水，或是一起數著「Hee～Hee～呼」之類。

希露菲的表情很痛苦，但是看到我如此慌亂後，她笑了出來。

「那個……魯迪，你再放輕鬆一點會比較好喔。」

聽到這句話，愛夏忍不住噴笑，莉莉雅則是用力打了一下她的腦袋。

希露菲看到這光景，再度噗嗤一笑。

「唔！」

就在現場氣氛緩和下來的那瞬間，下一波陣痛來了。

「希露菲葉特少奶奶，來，請用力。」

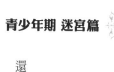

「嗚嗚！」

我靜靜在旁守著正在奮戰的希露菲，嘴裡只能說出加油兩字。雖然覺得自己也必須做點什麼，實際上卻完全無能為力。

希露菲配合莉莉雅的口令，露出痛苦的表情……

生出來了。

嬰兒平安地誕生在這個世界上，還發出很有精神的哭聲。

是個女孩，和我有著相同髮色的可愛女孩。

莉莉雅把孩子抱了起來，交給希露菲。希露菲摟著小嬰兒，呼出一口氣。

「太好了……她的頭髮不是綠色。」

聽到這句喃喃說出的感想，我摸了摸希露菲的頭，摸著她美麗的白髮……原本是綠色的頭髮。

「……是啊。」

就算生出來的孩子長著綠色頭髮，我也不會責怪希露菲。

這是理所當然的事情。因為對我來說，這個世界的綠色就是我在這個世界上最喜歡的顏色。

綠色是希露菲的顏色，也是瑞傑路德的顏色。就連洛琪希的頭髮也會受到光線影響而呈現出翠綠色的光輝。所以我喜歡的顏色是綠色。

如果要歧視綠色，就算敵人是整個世界，我也會奮力對抗。

「辛苦妳了，希露菲。」

「嗯。」

不過，即使我本人抱著這種心態，這個世界也並非如此。

光是髮色為綠，就會成為一種禁忌。

女兒擁有和我一樣的髮色，自己必須為了這份幸運而感謝神明。

不過呢，我的神現在正縮在房間角落，臉色鐵青地握緊魔杖。

「來，魯迪你也抱抱孩子吧。」

「嗯。」

我接過小嬰兒。體溫讓人感到熱度，哭聲讓人覺得有點吵。小小的手，小小的頭，小小的嘴巴，小小的鼻子……全都充滿生命力。

一想到這是我的孩子，內心有什麼開始翻騰上湧。

這是希露菲生下來的……我的孩子。

「……」

淚水奪眶而出。

保羅死了。
但是孩子出生了。
是保羅讓我保住一條命。
要是沒有他，我無法親手抱到孩子。
然而代價是，保羅再也無法抱住自己的妻子，女兒和孫女了。
保羅是否會因為自己不在場而感到不甘心呢？
還是會得意地笑著說全都是多虧了他？
不管怎麼樣，我必須活下去。
也是為了這個孩子，自己不能死。因為我必須守護希露菲，守護我的家人。

我從自己和希露菲的名字裡取了第一個字，把女兒命名為露西。
露西．格雷拉特。
愛夏笑我取得太隨便，結果又被莉莉雅打頭。
話說回來，幸好這孩子是個女孩。
因為要是現在生了個男孩，自己說不定會把他命名為保羅。

★
★
★

後來，我被莉莉雅趕出房間。

說是有很多事情要做，叫我先出去等著。

我移動到起居室，在沙發上坐了下來。明明幾乎沒有做事，現在卻累到不行。

洛琪希坐在我的旁邊，她也帶著疲勞表情嘆了一口氣。

和我相比，洛琪希更是什麼也沒做，怎麼看都是精神上的疲勞。

「這是我第一次看到人類出生的瞬間，真是驚人。」

「這次是我的……第幾次呢？差不多第三次吧。不過換成自己的孩子，就讓人感到特別累。」

希露菲一定更辛苦，要找個時間好好慰勞她才行。

「我出生時也是那種情況嗎？」

「嗯，我想大家都差不多是那樣吧。」

我不清楚米格路德族的生態，不過既然有近似人類的外型，想必沒有太大的差別。

「……我以後也會像那樣生下孩子吧？」

我看向洛琪希，她正抬眼望著這邊，臉頰略帶紅暈。

我脫掉靴子，在沙發上跪好並挺直身子。

「嗯，我想以後會麻煩妳。」

希露菲的孩子出生了，就等於我和洛琪希也要開始那方面的生活。

老實說，我很期待。明明和希露菲的孩子才剛出生……真是個糟糕的傢伙。

不過，我不討厭這樣的自己。

一想到保羅可能也抱著這樣的心情，就沒辦法討厭。

從現在就讓人期待……我帶著這種想法露出笑容，洛琪希卻面紅耳赤地抱住自己的身體。

「魯迪，你露出非常好色的表情。」

「這是天生的。」

沒錯，天生如此。我打從一出生就是這副德性。

或者該說，從出生前就是這樣了。

「……」

噢，對了。

和洛琪希展開那種生活前，我必須先去報告孩子出生的消息。

隔天，我獨自一人前往位於郊外小山丘上的貴族用墓地。

保羅的墓也在那裡。

他可能會說不願意和貴族們葬在同個墓地裡，然而這裡的管理比大眾用墓地好多了，所以只好讓保羅忍耐一下。

我在雪中來到拉諾亞式的圓形墓碑前方。我不知道保羅信仰哪個宗教，甚至覺得他根本不信神。不過就算我弄錯了什麼，保羅想必也不是會計較宗派那些事情的男人，應該會原諒我吧。

老實說，把保羅的墓地蓋在阿斯拉王國布耶納村原址附近或許比較好。畢竟這片土地和保羅沒有任何關係與緣分。

然而，要是位置離家太遠，我就沒辦法過去掃墓。

我已經把這個地方告訴基斯他們。

而且也已經所有人一起來祭拜過一次。

那時候，大家都各自帶了保羅應該會喜歡的東西。

例如酒或短劍之類，基斯和塔爾韓德在墓前開起盛大酒宴，被墓地管理人罵了一頓。

我把途中買來的酒瓶放到一邊，開始打掃保羅的墳墓。

首先除去墓碑上的積雪，並用帶來的布仔細擦拭。通往這裡的道路被積雪封住，不過墓地本身有管理人稍微除過雪，這些工作並不是那麼辛苦。

打掃完畢後，我把酒瓶放到墓前，用一隻手祭拜。

原本想買個花作為祭品，但是城鎮裡沒賣。在這個北方大地，冬季裡很難取得鮮花。算了，反正保羅也不是那種有興趣賞花的人。

「保羅……父親，我的孩子昨天出生了，是個女孩。因為是希露菲的孩子，將來一定是個美女。」

我在墓前坐下，開始對保羅報告。

「真想讓父親也看看孩子。」

保羅要是見到露西，肯定會開心到無法自制，一直激動到被塞妮絲勸才會冷靜下來吧。然後還會拉著我喝酒說是慶祝，喝到醉醺醺的再去對莉莉雅性騷擾，讓塞妮絲感到好氣又好笑。

這種光景彷彿歷歷在目。

……不過前提是，保羅有平安活下來，塞妮絲也沒有喪失記憶。

「我娶了洛琪希老師為妻。現在有兩個妻子，跟父親一樣。真希望你能教導我在這種時候該保持什麼樣的心態。」

回想起來，那個時候……在那個迷宮裡，保羅是不是想跟我談這方面的事？是不是他發現洛琪希喜歡我，也知道我同樣喜歡洛琪希，所以想傳授我擁有兩名妻子時該有什麼心態？

「雖然我的狀況和父親不同，不是突然有了兩個女兒，不過我想洛琪希以後也會懷孕，生下我的孩子。這大概會是很久以後的事情，但是我希望自己的孩子也能像諾倫和愛夏那樣，健健康康地成長。」

我不打算指責莉莉雅的教育方式，然而我希望自己的小孩能夠盡量平等長大。不要讓孩子因為被批評是和魔族的混血兒，結果產生什麼奇怪的扭曲心態。

「希露菲好像覺得我以後會再娶更多妻子。我自己是沒有那種打算，但是俗話說有二就有三，或許真的會變成那樣……」

不知道保羅有沒有考慮過和基列奴、艾莉娜麗潔，或是維拉結婚。他和基列奴似乎有過肉體關係，我猜多少有想過那種事吧。

算了，保羅對於這方面似乎比我隨便，說不定他連想都沒想過。

「我是不是也不要考慮得那麼複雜會比較好？」

對著墓碑這樣提問之後，我感覺自己好像看到保羅那促狹的笑容。

只能看到笑容，聽不見保羅的聲音。

不過，保羅也不可能什麼都沒在想。

我覺得那傢伙看起來一直在煩惱。

這也當然，活著卻什麼都不想的人肯定很少。

「……父親，我是個不合格的兒子。因為擁有前世的記憶，沒辦法好好把您當成父親敬愛。」

我站了起來，拿起酒瓶，喝了第一口。

嚐過那種彷彿有一團火竄過喉嚨的烈酒後，我把酒倒到墓碑上。

「不過，現在已經自認確實是您的兒子了。」

對於曾經沉溺於酒精中而失敗的保羅來說，酒可能不是什麼好東西。

但是，今天就不要計較那麼多吧。畢竟，這是在慶祝新生命到來。

「我到現在才總算明白，自己其實還是個不成熟的小孩。只是個擁有前世記憶，就自以為已經很成熟的幼稚小鬼。」

我每喝一口，就倒一些酒在墓碑上。酒瓶很快就空了。

「我認為既然孩子已經出生，自己也成為人父，必須立刻成長為大人才行。可是實際上，大概要繼續經歷更多失敗，遇上許多煩惱，讓自己一點一點慢慢改變，否則無法成為真正的大人吧。不過，父親您應該也是那樣，所以我會好好努力。」

我蓋上瓶蓋，把酒瓶放到墓前。

「那麼，我先走了。下次，會帶著大家一起過來。」

於是，我轉身背向保羅的墳墓。

很多事情都告一段落了。

包括痛苦的事情，也有開心的事情，也曾反覆犯下嚴重的失敗。

不過，這並不是結束。無論失敗多少次，犯錯多少次，都不是結束。

我還要繼續在這個世界上活下去，走向今後的人生。

為了讓自己無論何時死去都不會感到後悔。

要拿出真本事，認真地活下去。

# 無職轉生

到了異世界
就拿出真本事

Kadokawa Light Novels

# 三千世界的英雄王 1~2 待續

Kadokawa Fantastic Novels

作者：壱日千次　插畫：おりょう

**「舉世無雙的天才」被迫扮演「最弱的邪惡角色」，**
**最熱血爆笑的學園格鬥戀愛喜劇第二彈登場！**

全世界的異能者在格鬥競賽「暗黑狂宴」中，以最強為目標奮戰。刀夜等人打贏第一回合後，還有眾多超出常識範疇的異能者們阻擋在他們面前。為了攻略這些變態強敵，刀夜邀請普露及一二三與自己同住。而被全世界當成笑柄的光王院竟然……

各 **NT$200~220/HK$60~68**

台灣角川

Kadokawa Light Novels

©Saika Karasugawa 2016

## 渣熊出沒！蜜糖女孩請注意！ 1 待續

Kadokawa Fantastic Novels

作者：烏川さいか　插畫：シロガネヒナ

**當熊男孩遇上蜜糖女孩？**
**最頂級的戀愛鬧劇登場！**

阿部久真是個一亢奮就會變成熊的高中生。某天，他發現同班同學天海櫻的汗水是蜂蜜之後，居然把她推倒還大舔特舔！他甚至為私欲利用班長鈴木因校內出現熊所組成的捕熊隊的襲擊。然而在這場騷動中，櫻不知為何突然把久真當成寵物疼愛有加……？

台灣角川

**NT$220/HK$68**

國家圖書館出版品預行編目資料

無職轉生：到了異世界就拿出真本事 / 理不尽な孫の手作；羅尉揚譯. -- 初版. -- 臺北市：臺灣角川, 2018.05-

冊；　公分

譯自：無職転生：異世界行ったら本気だす

ISBN 978-957-564-181-8(第12冊：平裝)

861.57　　　　　　　　　　107003771

Kadokawa
Fantastic
Novels

# 無職轉生～到了異世界就拿出真本事～ 12

（原著名：無職転生～異世界行ったら本気だす～ 12）

2018年5月24日 初版第1刷發行
2024年4月2日 初版第9刷發行

作　者：理不尽な孫の手
插　畫：シロタカ
譯　者：羅尉揚

發行人：台灣角川股份有限公司
總　監：呂慧君
總編輯：朱哲成
設計指導：陳晞叡
印　務：李明修（主任）、張加恩（主任）、張凱棋

發行所：台灣角川股份有限公司
地　址：104台北市中山區松江路223號3樓
電　話：（02）2515-3000
傳　真：（02）2515-0033
網　址：www.kadokawa.com.tw
劃撥帳戶：台灣角川股份有限公司
劃撥帳號：19487412
法律顧問：有澤法律事務所
製　版：巨茂科技印刷有限公司
ISBN：978-957-564-181-8